明《めい》月《げつ》日記

―投書編―

明月達也
meigetu tattsunari

文芸社

明月家家紋「八藤」

目次

平成元年（一九八九年）

目次

平成三年（一九九一年）

平成四年（一九九二年）

目次

平成五年（一九九三年）

平成十六年（二〇〇四年）

平成十七年（二〇〇五年）

目次

平成十八年（二〇〇六年）

目 次

平成十九年（二〇〇七年）

平成二十年（二〇〇八年）

目次

平成二十五年（二〇一三年）

目次

明月日記

――投書編――

まえがき

いつのころからか、日記・記録をつけ始めた。高校のころからの日記帳・メモ帳が残っている。大学時代は、コンパや飲食先の店のコースターやナプキンに、その時の参加者や自分の感想などを書き記したものが山のように残っている。

写真撮影も、高校のころからカメラを持ち歩き、教室や、あらゆるところで撮影し、大学の時は八ミリビデオも出動、就職後はビデオカメラを持ち歩いて動画や静止画を思いのまま残していった。

私は、読書という習慣が全くというほどなかったせいか（中学の時にショーペンハウエルに興味を持ったが、『読書について』を読んで読書離れが進んだ）、記録の内容には単純な用語が使われ、凝った表現や言い回しは少ないように見える。とにかく体験した事実と感じたことを書き留めたいという欲求が、面倒とも思わず、ひたすら作業を続けさせていたように思うのだ。

就職してからだと思うが、日記とともに、急に思いついたこと、気づいたことや思索めいた覚え書きを、どこのコンビニにでも売っているような小さめのメモ帳に書き始めた。あっと言う間にメモ帳はいっぱいになり、あちこちの店の同じような手帳を買い占めることになってしまうようなことが何度もあったように記憶している。それでも自分が、書くことに非常に興味があるとか、特別、記録をすることが好きだなどと感じたことはなかった。ただ、ただ記録することを続けていたように思う。

新聞などに投稿を始めたのは三十歳を過ぎてからで、ちょうどワードプロセッサーが売り出されたころだったように思う。何しろ悪筆で、手書きで投稿した原稿はすべてボツというような状況だった。日本人の「美しい字」に対する思い入れの強さ、文化的背景を思い知らされたような気がしたが、ワープロのお蔭で事態は一変。投稿するほとんどの原稿が採用されるようになったのだ。

と言っても、しばらく投稿を続けていると、いわゆるスランプのような状態が続くこともあり、かなりの数の原稿が採用されないまま手元に残ってもいる。「なぜ採用されないのか」との自問自答。編集者の都合や社会情勢、自己顕示欲の出過ぎ、などなど理由を考えたりもした。ヒラメキと熱意、溢れ出る思い・感情のようなものが自然に書き出されているものが、採用される原稿の基本的必須事項なのではないかとの実感を持ったこともある。

投書の初期の時代には掲載された新聞を何部も買い占めたり、あるいは一方で一時、投書後も採否を気にせずにいることにしようと決め、一々、新聞の投書欄を確認しない「投稿しっ放し」という時期などもあった。

新聞が中心であったが、月刊誌や週刊誌などにも投稿し、採用された原稿が散逸してしまって見つからなかったものがあり、いまだに気になっている原稿もある。

この本の出版を機に、じっくり昔を振り返りながら、整理をしなおしたいと考えている。

●昭和六十三年（一九八八年）

神奈川新聞「自由の声・オピニオン」欄

（四月一日　三十二歳）

「忘れてならない　真実求める姿勢」

報道の自由や、報道とプライバシーとの関係などのように、現代のマスコミ社会にあって、われわれの抱える問題は、日々その複雑さを増すかのようである。その恩恵に与《あずか》る代償として、報道などでマスメディアに対する責任を、送り手も受け手もともに負わなければならない時代である。

このような状況の中で、報道をうのみにせず、疑問を疑問のままにとどめてしまわない姿勢を、われわれは持つべきだろう。そういう意味で、本欄のような投稿の場は、情報が一方通行にならないための、非常に重要な役割を果たしている。

一読者の意見が、他の読者の共感を呼んだり、意外な思い違いを知らされたりすることがある。新聞が、生きたコミュニケーション媒体であることを証明しているのではないか。ペンを執ることによって自己主張をし、事実を確認することができるのである。

報道の確認をするということは、非常に重要なことである。なぜなら報道は、事実から遠ざかるほど、その受け手に不利益をもたらすからである。

ある事実やそれを表現する言葉は、その背

景にさまざまな内容を抱え込んでいる。その皮相的な面にのみに対する思い込みや偏見は、あらゆる状況において、互いの意思疎通に大きな障害を与え得る。

言葉の不正確な使用や、あいまいな表現が大きな問題を生ずることを証明する事件は、最近の新聞記事などの中にも、枚挙にいとまがない。あるいは、報道の軽率な解釈が思わぬ人権侵害を生むこともある。われわれは、報道の中の表現や事件に抱くステレオタイプによって、事実を見極める努力を怠らないようにしなければならない。

例えばアメリカでは、子供が親を訴えるというような、われわれには普通考えられないような、さまざまな権利主張の訴訟がしばしば起こる。興味半分に話題にすることで済ましてしまいがちだが、人権問題などにかかわる重大事を見過ごしてはいないだろうか。また、報道側も、いわゆる発表記事的な当たり障りのない記事よりも、人間臭い本質的な問題を今以上に突き詰めてもいいのではないか。

報道がよりよい社会のための報道であるためには、送り手と受け手とが、ともに、どのような情報にも細心の関心を払い、謙虚に、そして信念を曲げずに、真実を求める姿勢を持つことを忘れてはならないと思う。

小田急沿線新聞「シグナル」欄

（四月十一日　三十二歳）

「まず特急券を確保」

新宿へ出ると、必ずロマンスカーのチケッ

トを先に買ってから用事を足します。自宅の鵠沼海岸《くげぬまかいがん》までの道のりはかなり長いのです。町田までロマンスカーでというパターンですが、これでだいぶ気分がちがいます。疲れ知らず。できたら本数を増やしてもらえると有り難い。

「ロマンスカー」の名は、初めて登場したころの斬新さもさることながら、沿線の自然、素朴さ、伝統、発展の夢などをいまだ物語っているように思えます。また、アベックで乗れば「ロマンスカー健在」と実感すること請け合いです。

最後に要望をひとつ。朝晩のラッシュ時のダイヤの改良をいま少し。あの混雑は「ロマンス」とはあまりにもかけ離れていますから…。ロマンスカーのファンの一人として一層の発展を期待しています。

東京新聞「発言・ミラー」欄

（四月十四日　三十二歳）

『外国／語』→『外／国語』真の国際化へ発想転換を」

空港の税関で外国人への表示の、「エイリアンズ」(aliens) という表現が最近問題になったが、一層の国際化の中で同様の問題の起こる可能性は、十分にある。

外国人を表わす英語には、フォーリナー(foreigner) があるが、日本人がそのニュアンスの違いを理解するのは難しく、辞書を引いて意味や説明を読んで、判断するのが精いっぱいだ。非難を受けた関係者を責めるのは酷なようだが、ただ、言葉が時代によって変化していくものだという認識さえあれば、もっと早めに手直しをしていたのではないか。

考えてみれば、長い間「エイリアンズ」で通用していたのに、今さらなんだとも感じるが、ここへ来ての批判の背景には、三つの理由が思い当たる。一つは「エイリアン」というタイトルがついた映画などの影響で、言葉のイメージが変わってしまったという、すでに述べた点。

それから、これまでは多少間違っていても見逃してもらえた、外国からの寛容さも限界にきていて、日本も一人前に扱われなければならないという世界情勢の存在。三つ目は、日本人の外国に対する排他性であり、これはしばしば指摘される日本の非国際性の最たるものである。自分以外の文化の存在をより認識する、心の大きさを持たなければならない時期にきているということだ。

せめて、「外国語」を「外国」の「語」として意識するのでなく、「外」の「国語」として意識できれば、それだけでも大きな進歩になるのではないか。


神奈川新聞「自由の声」欄　（四月十七日　三十二歳）

「好感が持てる本紙紙上模試」

神奈川新聞紙上模擬テスト（中三）の英語の問題が目にとまった。文章の中で単語の発音を考えさせる問題には斬新さがある。また、単語のスペリングを求める問題は、採点上の能率も考慮され、解答には正確な知識が必要であるが難題ではなく、基本文の習得を素直に試す合理的なものである。学習者の学力を見るために作問段階で多くの時間が費やされ、指導上の時間の無駄を省くための採点上の工夫は、良い試験のひとつの条件かもしれない。

また、長文問題の内容が試験のために無理に作られたものでなく（中学程度の長文問題には非現実的で幼稚なフィクションが多い）、身近にあるテレビやラジオによって語学学習が可能であり、心がけ次第でいくらでも勉強ができることを教えてくれる、好感の持てる内容である。

ペーパーテストには限界があり、試される語学力の範囲や実用性など、民間会社と学校との、教育技術上の鍛練を考えさせられるような思いがした。

神奈川新聞「自由の声・オピニオン」欄

（六月十八日　三十二歳）

「整理求められる日本的な価値観」

昨今の日本の社会においては、その文化や時代の複雑さから、価値観の多様化をよしとする風潮がある。これは、いわゆる個性の尊重のある種の曲解であり、何でも受け入れてもらえるようなニュアンスを持つこの言葉に、勝手な安心感を抱いているのではないか。個性の尊重ということは、浅薄な意味での自由主義や放任主義とは全く異なった、絶対的な一つの価値観と考えなければならない。

日本人は絶対という言葉を意識的に避けがちである。思想的に偏っていたり、度量が狭い、あるいは頑固であるなどと批判されることを非常に恐れているようだ。多様な価値観、あるいは柔軟性に富んだ考え方というような一見小気味よい表現を好んで受け入れる姿勢に、日本人の相変わらずの利己的で風見鶏的思考パターンが垣間見られる気がする。肝心なところで立場をあいまいにしたり、建前論でその場を繕ったりすることが日常的に見られる。

日本人が絶対的価値観を持つ経験に乏しい理由に、宗教的背景の存在もある。少しオーバーに言えば、日常生活の中でも、その必要に応じて拝む神を選ぶのが一般的である。しかし、このような態度は、絶対的価値観を伝統的、習慣的に有する国民から見ると極めて非常識であり、精神的不信感を抱かざるを得ない。現在の経済的、文化的な外国との摩擦の原因が、むしろ基本的な精神的価値観の違いの中にあるように思えるのである。

日本がこれまでのように、一部の外国を仲間に取り込んで、日本的発想によって問題をどうにか解決してこられた時代は遠ざかり、自分たちとは異質の価値観を持った他者と互いに協力し、依存し合って生きるためのよりよいコミュニケーションに必要な思考様式、行動様式を模索し、身に着ける必要に迫られている。

一層の国際化が叫ばれる中で、全世界的視野に立ち、よりよい方向への発展のために、あまりにも散乱し過ぎてしまったそれぞれの価値観の、その本質的な共通点を少しずつでも取り集めて、単純な効率主義的、経済的価値観だけでなく、哲学的、人生論的価値観などを整理することが、現在の社会に最も求められているように思えてならない。

朝日新聞「声」欄（六月二十二日　三十二歳）

「忘れられたか〝無駄〟の文化」

いくら経済大国になっても、日本が外国から教えられることはまだ多い。五日付「天声人語」に、中国、シンガポール、スリランカからの男女が、日本人は行きたがらないような福祉施設や過疎の村にボランティアとして飛び込んでいったとあった。六日付では、アメリカのクレジット会社が文楽協会に一千万円を寄付したという。「文化も商売だから、日本企業の伝統文化無視も当然か」などと日本の企業の文化性の低さを皮肉っていたが、情けない気がした。

考えてみれば、ボランティアと営利主義とは全くあい反するものだ。日本でボランティアを叫ぶほどむなしくなるのは、日本で商業主義や効率主義が、生活のあらゆるところに染み着いてしまったからだろう。

一見、無駄に思えることに意義を与える「間」の概念や、床の間などに見られる「空間」に、重要な意味を見いだす文化はどこに行ってしまったのだろう。

東京新聞「発言」欄（七月十九日　三十二歳）

「だれも伸び伸び生活できる社会」

一人っ子は教育上好ましくないと言われるが、一人であることは、基本的に人間だれしもあてはまることであり、特別視されるべきことでない。

日本では同じ年代の者同士の付き合いが自然に思われているが、これが過ぎると奇妙な同種集団主義のようなものが芽生え、異質なものへの理解に困難を生ずる。単純な理想主義でもかまわない、どのような状況にある人間も、すべてその周囲の人々と和し、ともに生きることに、本人を含め、すべての人が努力する社会であってほしい。

一人っ子への偏見は、昨今のいじめや外国人に対する排他性などの問題などのように、「普通」と異なるものに対して特殊な呼び方をしたがる、日本的な差別意識から生まれる差別用語への見直しと、より広い視野に立っての発想転換以外に、問題解決の道はないだろう。

どんな子供や、あるいは大人に対してさえ、その置かれている状況や習慣の違いによって、余計な先入観を持つことなく、彼らが伸び伸びと生活できる環境を、一人ひとりのちょっとした心がけから作っていきたい。

毎日新聞「テーマ特集・日本語の乱れ」欄
（八月六日　三十三歳）

「『乱れ』の種別　見極める必要」

言葉は、それを使う国民の人柄を表わす。日本語の柔軟性、表現の豊かさは日本人の国民性の表われでもある。悪く言えば、いいかげんで奔放である。現在の日本語の乱れは、この悪い面の表われのように思える。

言葉が言葉として存在する、つまり人間同士の意思疎通のための共通の道具としてあり得るためには、一定のルールがどうしても必要になる。もちろん、時代とともに、そのルールも変わり得る。しかし、その変化が突然変異的に、それまでと全く異なったものになっては困る。

言葉の乱れを、それを使う者の表現の自由とみることもできる。たわいのない乱れは、無視すればいい。一般に容認される乱れには、それなりの魅力や、それが出現する社会的背景が存在するのだろう。

国際語として日本語が、話題にされる昨今である。言葉の進化のための「乱れ」と、単なる弊害を生む「乱れ」との見極めが大切だ。日本語を、より魅力的で、なおかつ合理的な言語に育てていくためには、言葉に対する関心こそ、最も必要なことだと思う。

朝日新聞「テーマ談話室・家族」欄
（八月十二日　三十三歳）

「子育てとエゴイズム」

子供を作らないことは「人間形成の最大の機会を放棄し、人間としての基本的義務を果たしていない」という意見（七月二十七日付）は説得力があるが、これが長ずると人間には役に立つ者とそうでない者が存在するという発想を生みかねない。子供は親を中心とした社会全体が共に育てていくものである。そう考えたい。

確かに子供を持つか持たないかは、古来からの哲学や宗教に学び、昨今のさまざまな情勢から判断し、自分なりに結論を出してさえ常にかっとうを強いられる問題である。しかし、自分の子、他人の子という血縁を重視する視点は世界的に見て、すでに時代錯誤ではないか。「個」として自分の子孫を残したい実感は動物として自らの生命の存続を考える本能的なものであるが、人間社会では身内主義、同族主義といった自己中心的な姿勢につながりやすい。

次代の担い手であるすべての子供に関心を持ち、未来を見すえながら直接間接に子育てに参加する意識をもつことで、子供を何人も育てている者に負けない生命を育てる義務を果たす。その成長を見守りながら人間の素晴らしさを感じる機会も十分に得られよう。

人間が「大切な事柄を忘れる」のは、知恵がつくからではなく、怠惰なエゴイストになる時である。

朝日新聞「声」欄（八月十七日　三十三歳）

「不誠実な言葉『悪意はない』」

黒人の人形やマネキンが「人種差別的」と、米ワシントン・ポスト紙上で批判された。日本企業側は「悪意はない」と弁明しているが、あえてその言葉じりをとらえて考えてみたい。

「悪意はない」という表現は、通常、積極的な好意を表わさない。いかにも外交辞令的発言で、差別を受けたと感じている側にとっては極めて不誠実な態度と見なされる可能性がある。また、「黒人の持つ躍動性、ファッションョン性、セクシーさを狙った」、あるいは「日本人には黒人にあこがれるところもあると思う」などの企業側の言葉に、偏見や差別意識が全くないと言えるだろうか。

日本語は豊かではあるが、非常にあいまいで、そこには心のあいまいさが表われることをも認識し、言葉そのものに対する一層深く、まじめな関心を持つことこそ、これからの国際社会においては不可欠であるように思う。

東京新聞「発言」欄（八月二十三日　三十三歳）

「国際社会において誤解生じぬ言動を」

黒人をモデルにした人形や、政治家の黒人に対する差別発言が問題になっている。

同様の人形がアメリカ国内では、とっくに差別的と判断され、姿を消している事実を知れば、これだけ世界的に影響力をもった日本で販売されれば、問題にならざるを得まい。政治家の発言に関しては、弁明のしようはない。

この事件から得られる教訓は二点ある。菓子やテレビゲームなども同様だが、子供の夢や感性を利益目当てだけに利用すれば、しっぺ返しは想像を超えるさまざまな形で表われるということ。

そして、政治家など国家的代表者はもちろんのこと、国民一人ひとりに関してさえ、差別に対する意識を高め、その場の状況やムードに流されての軽はずみな言動は慎むべきである。国際社会では思いもよらぬ誤解が生ずる可能性のあることを、十分認識する必要があるということだ。

日本教育新聞「声の交差点」欄

「国際化阻む形式主義」

（九月六日　三十三歳）

日本の学校では当たり前になっている、授業の前後の「起立、礼」の号令。私はこれが押しつけがましい気がしてあまり好きではない。

ところで、この一月から勤務校にニュージーランドから留学生が来ている。パーマやマニキュアなど、学校の校則には合わない姿をしていたが、こちらの規則を話すと素直に変身して来た。自由な雰囲気を持ちながらも、ルールへの認識の深さには感心させられた。

向こうの学校のクラスは二十人。全体で二百人。当然、全校で千人以上というこちらの生徒の多さに驚いたようだ。

二十人なら教師が入室し、顔を見ながら気軽に挨拶ができ、一人ひとりに目が届く。生徒も不必要な緊張をせずに授業が聞ける。号令や、あるいは制服なども、けじめをつけたり、授業中の集中力を喚起する一種の教育手段と言えるが、どうも不自然に感じられる。これらは、あくまでも教育のある段階における必要悪であって、理想的にはなくなって欲しいものだ。

今の日本の学校や社会の中では、ないよりはあった方がいいからという一時的に必要な対処療法的な処置（規則）が氾濫し、本質的に求められるべき事柄についての考慮が、なおざりにされてはいないだろうか。

表面だけを繕う形式主義が、校則などになって現われて幅をきかせていたのでは、人間性を豊かにする教育や、世界に通用するような人や社会は育たないだろう。

神奈川新聞「自由の声・オピニオン」欄

（九月二十一日　三十三歳）

「欲求だけが先行　現代の日本社会」

モーターショーの案内で、会場に駐車場がなく車での来場はできぬ旨が伝えられる。これは、今の日本の社会が抱える矛盾の象徴ではないか。人間の欲求が先行し、欲しいものは手に入れるが、物理的条件が不備なまま放置されている。

朝晩の都市周辺や、休日の買い物や行楽地へ繰り出す車の混雑。至るところに残される理不尽なごみの山。これらはわれわれが欲求の実現のみ追求し、現実を見つめる理性を失っている結果の表われに思える。

日本が先進国、文化国家として欠いている大事なものは、時間的、空間的な幅広い視野である。例えば、都市計画には住民の要望とともに、将来を見越した数的予測など、さまざまな意味での客観性が不可欠だ。

が、今の日本の実際を見ると、人々は狭い心で、単に欲求を満たすことだけを頭において活動しているかのようだ。多くの人を引きつける、一見魅力的な建物は建つが、その周辺との美的バランス、長期的存在意義などについて、十分に考慮されているとは思えない。何か場当たり的で、落ち着かぬ精神的不安感を抱かされる。

日本は国土が狭く、資源も乏しく、物理

的、時間的に限られ、効率優先は仕方のないことだ。しかし、問題は、そういう条件下においても一定の余裕を生み出す心のゆとりが人々にないことである。

まず、自己の欲求を客観的にとらえてみる。その余裕を自ら心に持つ努力が必要だ。また、人や事象の皮相的な面だけでなく、その奥の本質にまで注意を向ける癖をつけること。そのことで、逆に自己をよく知ることになり、自分や周囲の状況を客観視できる寛大で心の豊かな人間になれないか。

特に教育に関して、利己主義や浅薄な人間観は大きな問題を生むことに注意したい。大人が子供に、「見知らぬ人と話すな、人に迷惑を掛けぬために余計なことにかかわるな」などと言うことは、不親切の悪循環を生むだけだ。子供たちが思いやりや優しさを素直に表わせず、自主的な他人への好意的な行動をちゅうちょさせるような社会ほど、心が貧しく、気持ちに余裕のない社会はない。

自己の欲求と他人のそれとを同時に意識しつつ、人間性や人権を重んずる姿勢から生まれる考えや行動が、その周囲の人々にも次々に伝わるような、「好循環」とでも言うものは育てられないものだろうか。

朝日新聞「声・エコー」欄

（十月一日　三十三歳）

「JAPANが国際的に通用」

日本の呼称を「JAPAN」でなく「NIPPON」と表現したら、という佐藤一夫さんのご意見（九月十八日付本欄）は私ももっともだと思います。一時議論された外国人名を原音に近く表記すべきだという問題とも関連するでしょう。

しかし、日常生活に定着した国名や人名の読み方を改めるのは大変なことです。例えば、「韓国」を原音になるべく忠実に発音しようと思えば「ハングク」になるのでしょうが、英語の「コリア」の方が日本人にも定着しています。

雑多な外国語を柔軟に取り入れてきている日本で、もし、ある国名や人名を、その母国語で正確に発音しろと言われても戸惑うばかりでしょう。場合によっては、日本語にない音で発音できない可能性もあります。要は、ある言葉が何を示すかが、はっきりしていれば問題はないと思うのです。

韓国語では日本を「イルボン」と言い、英語では「JAPAN」と表わすのです。他の国々でも「日本」を表わす言葉は様々でしょうが、世界共通語としての英語で、われわれの国を認識することができます。

「JAPAN」に私自身もこだわりを持ちますが、そのこだわりが、島国育ちの視野の狭さから生まれるのではないかとも考えているところです。

神奈川新聞「自由の声・オピニオン」欄

（十月十四日　三十三歳）

「福祉問題に発展　子連れ出勤論争」

「子連れ出勤」をめぐる「アグネス論争」の反響はいまだ収まらないようだ。新聞紙上での議論を踏まえ今後の課題を考えたい。

海の向こうでは、秋の米大統領選挙で育児政策が勝敗を決める大きな目玉になるという。保育所やその職員養成に多額の予算を充てる「育児改善法」、新生児や病気の子供のため長期無給休暇を男女とも取れるようにする「家族および医療休暇法」など、多くの育児関連法案が議会に提出されている。日本が充実した福祉国家を目指す指針となるが、日本の現状からは「現実離れ」の感がぬぐえない。

男女の役割分担が伝統的、感覚的に染みついた日本で、一朝一夕に男女のより良い関係を求める姿勢、「フェミニズム」を定着させるのは困難だ。

最低限度の男女の生理的役割を考慮しつつ男性的、女性的役割を男女どちらもが選ぶ自由の必要性をまず考えたい。今回のアグネス・チャンさんの行動は、父や母として育児と仕事の両立を、どう果たすか考える上で大きな問題提起となった。

「子連れ出勤」に働く女性から批判もある。「育児の片手間にできる仕事はない」「人込みや不衛生な場所は子供に酷だ」など。しかし、どんな理由にしろ女性同士の足の引っ張り合いは非建設的。「子連れ出勤」を単なる理想主義の夢物語と片付ける傍観者的態度も時代に逆行する。

ライフワークを持ち、家庭や子供を持つことが男女問わず自然な人間的欲求だという共通認識がほしい。その上で求めることは子供を預ける人や場所、育児休暇の法的確保など環境整備で、職場やさまざまな公・私施設に育児室や保育室が併設され、男女両方のトイレへの幼児ベッドの設置はごく自然ではないか。そう信じ、主張し続けることで、働く者にとって子供が障害になってしまう風潮や、父親に育児に関する責任を放棄させるような意識や制度の改善が、やがて進むのだろう。

今回の論争を、性別や個々人の生活条件差を乗り越え、人間的生活を求める人権、差別、福祉問題に発展させ、例えば、「子連れ出勤」を「ハンディキャップ出勤」の一つと広く解釈し、「普通でない」ことを偏見のない理性的視点でとらえ、さまざまなハンディを抱える人々の積極的社会進出を考える充実した「ノーマライゼイション」の実現を目指すところまで議論を進めたい。

神奈川新聞「自由の声・オピニオン」欄

（十一月十二日　三十三歳）

「教育の成功は共通の『思い』」

「親の思い」、「子の思い」などと言う。人間の日常的心、希望、愛情などを言うのだろうか。より向上的「思い」の家族間で重なる部分が、その家庭の秩序や家風を生み、社会においては人々の間にモラルや理想などを築くのかもしれない。

最近の親殺しや子殺しなどに見る家庭教育の根底を揺るがす事件を考える時、家族をバラバラにしてしまっている親と子の間の無意識な「思い」のすれ違いに注意を向けたい。

本来、人間の道徳や理性は、一定の価値観や理想を持った文化・社会の中で自然に身についていくものであろう。人生のあり方、教育の目的などについて、親と子、子と教師の間に共通の「思い」があってこそ初めて家庭のしつけや学校教育の成果が現われる。日本的な「以心伝心」の過信によるコミュニケーション不足は互いの「思い」を通わせず、一方的な思い込みの暴走が昨今の悲劇を生み出しているように思える。

親や教師の側には潜在的に、例えば、今日的なヒューマニズムの概念とは存外に落差の大きな「義理」や「恩」の理論が一方的に根付いてないいか。反抗する子供に立つ瀬がなく、思わず憤慨して「おまえを思って育ててきた」「してやれる限りのことをしてきた」と、抗議とも弁解ともつかない「恩着せがましい」(と子供は感じる)言葉を発する親や教師。「恩を受けたら返すもの」と言わんばかりの言葉に、「義理を果たさせるために恩を着せる」という形式的な愛情の論理を子供は感じ取る。あるいは、そう誤解させてしまっている。

戦後の日本の教育の大きな問題点は、人々が新時代の状況の見極めや、それまでの倫理、道徳、教育観などの整理なしに子の受ける教育やその背景に十分注意を払わず、「パン」だけのために、あくせく働かざるを得なかったことではないか。ドイツのように伝統的教育観の基本を固定した国と異なり、極端な価値観の変化に親がついていけず、思わぬ子との意識のいき違いからの悲喜劇とも言える、ぎこちない、時には危険でさえある親子の関係を生み出してきている。

教育を成功させるには、親や教師の、しつけや教育に対して抱く基本的な「思い」について語り合い、深めつつ、その理想とする「思い」が子供たちにも見えるようにする必要がある。そうでなければ、皮相的な知識の詰め込みや世間体と収入を得ることだけが唯一共通の目的となっている、夢も希望も持てない底の浅い教育が、これからも大手を振って存在し続けるように思えてならない。

神奈川新聞「自由の声・オピニオン」欄

（十二月一日　三十三歳）

「使える英語を身につけよう」

地球上に多くの国や言語が存在するのに、国際化と言えばすぐに英語が思い浮かぶほど、人々が互いの意思疎通や理解を助けるための共通語としての英語の必要性はますます大きくなっている。ところが、話す英語に不慣れなために、アジアの人々とのコミュニケーションにおいてさえ、日本人だけが取り残されてしまう状況も珍しくない。

オタマジャクシに弱いという「音符恐怖症」があるように、多くの日本人には「英語恐怖症」というようなものがあるようだ。苦手だという気持ちを抱いてしまうのは、音楽にしても英語にしても、澄ました感じの優等生のものというイメージが強いからかもしれない。

しかしながら一方で、ふろ場で鼻歌をうたったりすることや、英語の商品名などのカタカナ言葉を使うことにはわれわれはそれほど抵抗を感じないようだ。リラックスして自然に音楽や英語に接することが、「恐怖症」の治療には一番効果的なのかもしれない。

学校での英語学習は、文法やイディオムの知識を駆使して英文を理解し、日本語に変換するという作業が中心だ。むしろ、国語力が問われるといってよい。日常会話以上の集中力、思考力が必要で、とてもリラックスしてなどといってはいられないのだろう。

「使える英語」がしばしば話題にされているが、英語が使いこなせるかどうかということは、どれだけ英語が「自分の言葉」になっているかということだ。英語が「ペラペラ話せる」というが、これは自分の用を足すために英語を実際に口に出して自由自在に使えることを指すのだろう。

しかし、この「ペラペラ」にも学習経験に応じて、小学生程度の「ペラペラ」、中学生、高校生、あるいは社会人程度の「ペラペラ」など、さまざまな段階があっていいのではないか。習いたての一個の単語でも、「自分の言葉」として母国語を使うのと同じ気持ちでしゃべることが「ペラペラ」の第一歩なのだと考えてもいいと思う。

単語や文章を実際の「物」や「状況」に結びつけて覚えるようにすることも大切だ。見の回りにあるものを手当たり次第に英語にしてみる（和製英語に要注意！）、あるいは知っている英語が表わす「物」や「状況」をいつでも探し出して口に出す癖をつけること。朝、顔を洗うとき「I wash my face.」、駅まで歩きながら「I'm walking.」、電車に乗るぞと「Get on a train.」などという調子。

学校、テレビ、ラジオなどで聞き覚えた英語をなるべく正確な発音を心掛けながら「ペラペラ」やっているうちに、「自分の言葉」としての英語が知らぬ間に身についていく。

鼻歌気分で使ってみることこそ、実用英語習得への早道だと思う。

毎日新聞「みんなの広場」欄

「英語教育は広い視野から」

（十二月十九日　三十三歳）

十三日付本欄、仙波さんの「英会話だけが英語じゃない」との意見は、当然過ぎるほど当然のことだと思います。文法中心の学習だろうが、受験英語だろうが、それが英語である限り、学んで無駄になるようなものではありません。

しかし、仙波さん自ら書いているように、語学学習というのは「広い視野から見る」ことが大切なのです。その意味で、現在の英語教育は、明らかに偏っていると思うのです。

昨今の実用英語の見直しは、なにも「日常会話だけを学べ」と言っているのではなく、「現在の国際化の進む社会の中で、どこの国の人同士でも互いに最低限度の意思疎通ができるように、日本人が比較的苦手だと言われている会話能力を補おう」と言っているのです。

●平成元年（一九八九年）

神奈川新聞「自由の声・オピニオン」欄
（一月十四日　三十三歳）

「英語教科書への関心高めた問題」

記憶に新しい記事に、「検定済み高校教科書、異例の差し替え」（本紙の昨年十月四日）がある。文部省の検定に一度通った高校英語教科書（二年生用）の一部が差し替えられるという異例の出来事である。政治的介入の疑いや検定制度そのものの在り方などへと問題は及びかねない。

「表現が残酷すぎる」などの批判を受け入れたか、あるいは検定規則の中の「学習を進める上に支障があり、緊急に訂正を要するもの」に当たると出版社側が認めたか、さまざまな憶測は可能だが、たまたま同教科書の一年生用のものを授業で教えてきて感じたことがある。

問題の部分は、あるパーティーでの数人の東南アジアの人々と、一人の日本人の間で交わされる会話という設定だ。「最も残酷な民族は？」「ドイツ人が残酷だ」「いや日本人が最も残酷だ」という意味のやり取りに、居合わせた日本人が当惑する。旧日本軍の残虐な行為についてのマレーシア人の話がそれに続く。

事実が伝聞かは別としても、「赤ん坊を空中に放り投げて銃剣で突き刺して殺した」との表現はかなりショッキングである。高校生が常識として得る意識として問題はないが、英語の授業という観点から見るとどうであろうか。

日本人にとって外国語である英語の教科書は、言ってみれば低学年用の国語の教科書のようなものだ。一つひとつの単語はもちろん、文章全体をゆっくり、しかも反復して読み書きするのが原則だ。これを考慮したうえで、内容的にというより教材の中の表現として適切か否かを考える必要がある。

これまでの英語学習はどうしても受験重視になりやすく、単語、熟語、構文などの暗記が主になり、一般の教科書の内容は必修単語を中心に用いた当たり障りのないものが多かった。その意味で今回問題になった教科書は、著者や編集者の意欲が現われたユニークな教科書の一つであると言えよう。

ただ、学校での語学学習は、言語に対する感性を養う機会でもある。「stab」（突き刺す）という単語を覚えるのに「赤ん坊を銃剣で突き刺す」という例文が適切であるかどうか。その点で、著者や出版社に多少の勇み足がなかったか。

いずれにしても、生徒の実生活とかけ離れたフィクションが多い従来の教科書に問題提起をし、主要教科と言われながら思いのほかあいまいに扱われている英語教科書への関心を高め、また、「英語という教科はいったい何なのか」というジレンマに改めて直面させられた事件でもある。

神奈川新聞「自由の声・オピニオン」欄

「喫煙者は義務守り　我慢に甘えないで」

（三月十七日　三十三歳）

世界的な禁煙運動の高まりの中で、日本における喫煙行為に対する認識はどのように変化してきているのだろう。

いわゆる嫌煙権に関して言えば、健康上の問題とともに、弱者の権利主張との両面から問題提起がされていると考えられる。例えば、男性（強者）の権威の象徴であったたばこに対する不快感への、弱者（女性、子供、病人）による自己防衛のための権利主張の表われととらえることもできるだろう。

日本では、かつてたばこが成人男性の一種の権威の象徴であった時代があり、一家の主人である父親が家族の前でたばこをふかす姿は、子供たちのあこがれでさえあった。日本において、女性や若者の喫煙率が増加してきたことは、男女同権や、ある意味での子供の権利主張が容認されてきた結果の、好ましくない副産物だと言えないだろうか。

日本における男女平等化は、その表面的な部分に注意が向けられがちで、それまでの主導者であった男性のまねをすることによって、一種の平等感を女性は得ることができた。若者は若者で、大人や自分の好みの有名人などの喫煙行為をまねることによって大人の世界や未知の世界への好奇心を満足させようとする。そこには、健康を害するという危機感など全くない。

彼らにとっては、「たばこは二十歳をすぎ

てから」という注意も、あるいは世間で騒がれているたばこの有害性や嫌煙権主張も、大人の偽善や身勝手な言動にしか映らないのかもしれない。しかし、最も害を被るのは、大人の愚行をまねている自分たちだということを、彼らは一刻も早く知るべきだ。

一方、文明人のし好品として長い伝統を持つたばこを養護する立場も、決して理解できぬことではない。たばこの煙をくゆらす一時の楽しみの味は、精神的緊張を解きほぐしてくれる。しかし、現代におけるたばこの役割は、複雑で、多忙な社会の中、落ち着きも優雅さもない低次元のストレス解消の手段になってしまっている状況もある。

そんな中では、非喫煙者に対して思いやりを示す心の余裕など持てないのも当然だと、マナーの悪い喫煙者を弁護したくもなる。が、「悪いものは悪い」とはっきり言うのも、お互いの権利を守るためと、心を鬼にしなければならないだろう。

喫煙者には「吸う権利とその行動に伴う義務」とがある。また非喫煙者は、「自らの健康を守る権利と喫煙者の自由に対する寛容さ」とを持つのが理想だと私は思うが、現状はどうかと言うと、「義務」の遂行なしの「寛容さ」（実質は一方的な我慢なのだが）への甘えすぎという状況がある。

これはどう見てもフェアでない。喫煙者の義務を果たす努力が積極的になされてこそ、周囲の人の心に本当の意味での寛容さが生まれ、職場や社会での人間関係に自然な潤いが出てくるのだろうと思うのだ。

東京新聞「発言スペシャル」欄

（三月二十一日　三十三歳）

「真実が生きる勇気に」

人はすべて既に死を宣告されているのです。その死を近づけるきっかけが、人によって早く来るか遅く来るかの違いだけ。

いつ来るかわからないから自分勝手な人間たちは、死など自分とは関係ないと思い込んでいる。だから、余計にいったん「死」が予告された時の恐怖感は、想像を絶するものになるでしょう。

「うそも方便」。確かにわかります。余計な心配をかけたくないという思いに、悪気などあろうはずがありません。しかし、こと人の命にかかわることで、うそ偽りがあっていいものでしょうか。事実を知らされないことが本人にとって余計なおせっかいに、あるいは本当のことを言ってもらえない寂しさを感じさせることになることもあります。

ちょっと言い過ぎかもしれませんが、周囲の者が患者にホントのことを知らせないのは、「患者自身のことを思って」というよりも、むしろ自分たち自身が悲しみや苦しみに耐えられないからという理由の方が大きいのでしょう。

すべてを明かして周囲の人たちが、「いっしょに、がんばろう」と決意するところから、患者自身にも「がんだけれど、きっとよくなるだろう」との勇気が、生まれるのではないでしょうか。

患者自身や周囲の者の積極的な努力が、実際に完治や延命につながる実例は多いはずです。

どんな可能性が次の瞬間にも生まれるかもしれない状況の中で、「がん＝死」では必ずしもないこと、むやみな恐怖感や「あきらめ」の姿勢こそ最も非科学的であり、また一番の命取りになりかねないことを、すべての人が、できるなら「健康な時から」認識しておく必要があるのではないでしょうか。

朝日新聞「神奈川版・ひとこと」欄

（四月四日　三十三歳）

「女性をめぐる問題表現　少しずつ改善すべきだ」

三月二十九日付さがみ野版「婦人と女性どう違う?」を読んだ。相模原市議会で、市婦人問題懇談会が「『婦人』は、ある一定の年齢層に限られた印象を与えるため、可能な限り『女性』に置きかえる」という提言が発端で、婦人と女性の用語の違いについて用語論争が交わされたという。

例えば、英語で「mailman」（郵便配達人）という表現より、中性を表わす「mail carrier」の方が、あるいは未婚女性を表わす「Miss」よりも既婚か未婚か明らかにされない「Ms」という表現を用いた方が男女の差別感が少なくなるというように、今回の「提言」も積極的に女性に対する偏見、差別を言葉のレベルから取り除いていこうという姿勢の表われなのだろう。

考えてみると、「婦人」という表現は確かに女性の中のある特別の人種、名士の妻であったり、妻と職業を両立している女性（キャリアウーマン）などをさしてもいるようだ。「婦人解放」や「婦人参政権」もそうだが、極端に言えば、「女」という言葉から「非男性的要素」、つまり「女々しさ」や「意識の低さ」など従来のマイナスの「固定観念」を取り去ったものが「婦人」なのかもしれない。

「婦人警官」と言うのに「婦人教師」でなく「女教師」と言うのはなぜかなど、色々考えると興味が尽きないが、言葉には、やはり潜在的に様々な「思い」が込められているようだ。問題のありそうな表現は少しずつ改善していくべきだろう。

朝日新聞「神奈川版・ひとこと」欄

「左利き矯正の是非　子供への配慮必要」

（五月十一日　三十三歳）

四月二十七日付「左利きなぜいけない」を読みましたが、「矯正すべきだったか」と親自身にも後悔があった様子。また、「矯正するな」と感情的になっては、居直りにも聞こえてしまい、かえって子供に不安を与えかねません。

当初から「どちらでも好きな方で」という親の「主義」としての明確な態度があれば、この種の問題は自信を持って主張を続けて行けばよいと思います。子供の精神安定上良くないのは禁止されること自体ではなく、親の一貫性のない姿勢や感情的な態度、あるいはすでに理性的に判断できる年齢に達しているのに、「なぜいけないか」の説明をしないことだと思うのです。

右利きの方が不便が少ないだろう、まだ矯正が可能だろうという先生の判断による言動とも思えますので、親子、先生でよく話し合い、一つの価値判断、結論を出されればよいと思います。何よりも子供自身が十分納得できるよう、大人は配慮、努力すべきです。

朝日新聞「テーマ談話室・お金」欄

（五月二十五日　三十三歳）

「人間の品位」

イギリス人が王室から伝統的な気品のある生活態度を学ぶことがあるように、日本の皇室もわれわれに適度な品位や気高さを保つことの大切さを教える存在でもあるのではないか。戦後、われわれ日本人は、例えば、貴族や士族などの持つ良い意味でのプライド（武士道精神と言ってもよい）まで葬り去ってしまったようだ。品位やプライドは、伝統文化などと同様、国民が平等に持つことのできる精神的財産とも言える。

人間としての威厳や自尊心は、借金をしてでも手放してはならないものだ。適度な見えは人を人間らしく生活させることもできる。恥も外聞もなく、ただひたすら生活のために（食うためにと称して）働くことが日本社会では美徳であると考えられているふしがあるが、貧しい時にこそ心の品位を保てなければ、豊かになった時に人間らしい態度を保ち続けることなどできないだろう。成り金的な人間になるのは、貧しい時に心まで貧しかった者である。

最低限度の衣食住が足りるような生活の中でも、他人をうらやんだり、ひがんだりせず、また困っている人を見過ごすことのできない心意気が持てることこそ、真に豊かな社会に住む人間の条件であろう。また、「最低限度」を平等に押し上げていける社会こそ、理想的であり、民主的で福祉が充実し得る社会でもあろう。ついでに言えば、「エコノミック・アニマル」などという人種がたくさん住む社会に、まともな政治や文化などが存在するはずがない。

湘南トリビューン「交差点」欄

（六月五日　三十三歳）

「『大人の生き方』見直そう」

第26号「交差点」、「悲しい出来事に思う」を読んだ。仲の良かった青年と子供たち。年が少しばかり上であったために、「孤独感」と「殺意」とを青年が持たなければならなかった理由を私も考えてみた。

学校や親が一方的に、この青年のところに行かないように言ったことの問題は、確かに大きいと思う。年齢が違うとか、変わり者だから近づくなという言葉には、なんの説得力もない。子供たちは、どんなに理不尽さを感じたことだろう。

一般的に日本人が「変わり者」でなく「普

通」であることを求めるのは、「身分相応」にすべきだとか、「触らぬ神にたたりなし」「面倒なことにはかかわるな」などという、非常に保守的な発想からくるようだ。外国人の習慣や文化の違いに理解を示せなかったり、日本人同士でさえ、つまらぬ偏見や差別意識を抱きやすいのも、まだまだ我々の心が狭く、同じ年齢、同じ性、同じ民族同士で固まっているのが一番だという考え方から抜け出せずにいるためだろう。今回の事件も、「異端者」に対するような周囲の者の冷ややかな思いが、一人の人間を孤独に追い込み、いたたまれずに異常行為に走ったという意味では、以前に起きた「オノ・カマ事件」と根は同じだろう。今回の事件では、青年と仲が良かった子供たちも、結局、大人たちによって差別意識を植えつけられ、そのうえ不幸な事件が起きてしまった。

「大人の生き方」の見直しからこそ始めなければ、根本的な問題解決にはならないようだ。

毎日新聞「みんなの広場・提言」欄

（六月十九日　三十三歳）

「大人のあいまい姿勢に責任　若い女性や中・高生の喫煙習慣」

最近の高校生などによる制服姿での傍若無人な喫煙には目に余るものがある。これは、取りも直さず日本の社会の喫煙に対する態度のあいまいさの象徴的な表われのように思えてならない。

「嫌煙権運動」が主張され始めたのは、喫煙者のマナーにその発端があった。喫煙の持つ有害性に対する関心というより、ところ構わず吸っては捨てるという、無神経さに業を煮やした人々の自己主張から始まったといえる。主に非喫煙者が受ける「不快感」が論点とされた。

また、「権利主張＝エゴイズム」であり、嫌煙権主張は愛煙家に対する人権侵害だとする、喫煙擁護派や慎重派による一見説得力のある反論のために、喫煙自体の有害性への追及があいまいにされがちであった。ところが、最近のたばこの有害性に関する新たな発表がなされるにつれ、喫煙者自身も自らの健康に関心を持つようになってきている。現在の問題は、むしろ嫌煙権主張者の強引さによって愛煙家の感情を逆なでし、議論の焦点がぼけかねない点にある。

当然の理屈や行為であっても、その単なる押し付けは、今後の「嫌煙権」を始め、他の権利主張の拡大の場合にも決して好ましいものではない。多数派、少数派、あるいは事の善悪にかかわらず、人権やプライバシーに関する慎重な配慮が必要である。

「嫌煙権運動」あるいは「反非常識喫煙」の主張を進めるためには、まず喫煙者、非喫煙者を問わず、たばこのもたらす弊害を見極める必要がある。

危惧《きぐ》されるのは、互いの権利を主張し合う論争に大人たちが夢中になっている間に、冒頭に述べたような青少年の意識の中に喫煙に対する安易な態度を身に付けさせてしまったのではないかということだ。

世間のたばこ論争をしりめに、若い女性や中・高校生などの間での喫煙行為が衰えるどころか、世界の潮流に逆行してますますエスカレートしかねない。この現状に目を向け、彼らが何ゆえに喫煙習慣に引き込まれるのかを分析し、マスコミの影響力や、教育、社会のあり方などを問い直す必要がある。

大人や社会に対する合理的批判がままならないために、大人への背伸びというより、むしろ自虐的に自らの健康を害することによって周囲の注意を引こうとしているかのように見える若者たちへの積極的な働きかけこそ先決であろう。

「体に悪い」「法で禁じられている」などという、大人の都合による口先だけの説教に、もはや説得力はない。個人の健康のみならず、国際的視野でのマナーや環境問題の視点からも、まず大人が手本として取るべき態度を示すべきだろう。

毎日新聞「みんなの広場」欄

（八月二十五日　三十四歳）

「平和維持のボランティア活動を」

様々な戦争体験の貴重な投書を読んでいて、以前「WATCH」（五月十二日付本紙夕刊）で紹介された「RESULTS（リザルツ）」というワシントンを本部に世界的に活動している、草の根運動の団体を思い出した。「飢餓が存在するのは、飢餓をなくそうという意思が私たちに欠けているからなんです」という代表の話には説得力があった。

戦争体験は語られるだけでなく、現在に生きるわれわれが何をなすべきかの視点にまで到達できて初めて大きな意義があるのだろう。

家族の死の悲しみ、火災や爆発の恐ろしさ、空腹の苦しみなどを一度に体験させられる戦争を、二度と起こさないという新たな思いを持つことはもちろんだが、現在の戦争とも言える交通事故や災害などの防止への積極的活動をも含めて、平和というものの維持、発展を進めていくべきだろう。

戦争体験からの飢えの苦しみの教訓を食べ物や資源の無駄を日常生活の中からなくしていく行動へ。あるいは、今現在、飢えや災害で苦しんでいる人々への援助協力という行動へと結びつけていきたい。そんな思いが少しずつでも実現していけるボランティア活動が、日本でももっと活発になるといいと思うのだが。

神奈川新聞「自由の声」欄

「個人の意思尊重がん告知の前提」

（八月二十五日　三十四歳）


欧米社会で「がん告知」が肯定される背景には、事実を知らせた上での患者自身の意思判断を尊重すべきだという考えが存在する。「個」を重んじる文化からの発想の表われともいえるだろう。

一方、日本では、「家族とは一心同体」であるという発想の影響が大きい。この「同体」とは、互いに人間的に「同等」であることではなく、子は親に、妻は夫にというように、弱者は強者に守られるために帰属するという一種の従属関係をも意味している。

悲劇的な事実の前に、ともに苦を共有し努

か。力していこうという互いの同一の立場においての姿勢ではなく、明らかに弱者である病床の家族に真実を話すことより、その患者の人格を同体化、従属化させ、患者本人の意思を無視してまでも患者を見守る者たち自身が納得するような「思いやり」を示そうとする。

この「思いやり」は、例えば、子供を一個の人格者と認めず、その将来にかかわる決定を子供本人に任せることをせずに、親の運命の流れの中にひきずり込んでしまおうとする日本的な、親の子に対する愛情表現と同じようなものである。

「現実の困難に直面させるのは心もとない」「なにも知らず、これ以上の苦労をせずに死んでしまうのが幸せ」と、子供を殺してしまう「親子心中」的な発想に根は通じているように思う。

少なくとも意識がはっきりしている患者に事実を知らせず、将来の可能性（たとえ残り少ない命であろうと）への自らの判断による働きかけの機会を奪い取ってしまうのは、患者を思っての行為であろうと、本人の意思を無視した周囲の者による勝手な「ごまかし」にすぎないのではないか。

周囲の者は、「うそ」をつくことによって「事実」と直面することから逃れようと、あるいは現実を「美化」しようとしているのかもしれない。

ところでこの「事実」、つまり近い将来に訪れるかもしれない「死」（決して患者だけの問題ではない）に対しては、信仰でも持たない限り恐怖を感じないでいられる者はいない。が、この「死の問題」を今の日本の社会は、あまりにもあいまいにしていないだろうか。

積極的に「死」を学ぶことに意義を見いだすべきである。「死の恐怖」を知らなければ、人を傷つけたり殺したりする行為の恐ろしさ、罪深さをも知ることはない。知りつつ人を殺せる者は本当の悪人である。

最近の若者たちの犯罪はどうであろう。彼らが「死」について家族や仲間と話し合うことができていたら、簡単に人を殺したりできないだけでなく、生きていること自体の素晴らしさをも感じ取れていた。

そう信じたい。必要なら宗教的な知識も学ぶべきだし、さまざまな宗教家の話も参考になるだろう。「死」を考えることは「生き方」を考えることでもある。

日本での「がん告知」問題は、「患者の意思」をどうとらえるか、そして、われわれ自身が「死」をどう受け止めるかという議論を進める中で、何らかの結論に到達するように思う。

湘南トリビューン「交差点」欄

（九月五日　三十四歳）

「メーカーも『安全』にもっとこだわろう」

増え続けるばかりの交通事故と、新たな局面を迎えたといえる暴走族対策。どちらの問題も基本的には人々のモラル意識と、それを育てる社会的教育が問題解決の拠り所であるはずだ。本来なら常識や理性に訴え、法の強化や、あるいは教育の見直しなどに期待すべきなのだろう。が、どちらも十分な効果が表われない今の社会で、最も手っ取り早い問題解決の方法は、人間が自分の判断で運転する現在のような車をすべて無くすか、運転を自粛・制限するしかない。エネルギーや環境問題、都市問題の視点からも、これはこれから検討して行かざるを得ない必然的課題だろう。しかし、現在の産業構造や価値観の急激な転換は難しい。一定の生産と利益追求とを維持したまま、企業努力と社会的モラル追求の努力とのベクトルを一致させる工夫が必要だろう。

自動車産業については、作りっ放し、売りっ放しでなく企業の社会的責任を吟味し高める必要がある。その一環として、メーカーやディーラーが顧客への安全教育に対する意識をより積極的に持つようにすべきだ。例えば、事故車のメーカー別統計を出し企業に「安全教育競争」をさせるくらいのことをしてもいいのではないか。車のスタイルや特殊な性能がティーンエイジャーの購買欲を誘い、一部の若者を暴走へと駆り立てる一助になっていないとは言い切れない。

利潤を得るための高級車の開発ばかりでなく、あらゆる面からの「安全」に、企業はもっとこだわる義務があると思う。

湘南トリビューン「私は・思う」欄

（十月五日　三十四歳）

「ああ、金持ち日本国よ!!」

「お金さえあれば幸せになれる」、という言葉の背景には日本の社会の異常とも言える物価高がある。衣食住に関する生活必需品まで、決して「手頃な値段」で手に入れられるとは言い難い。人間、そこそこの衣食住に満足してさえいれば、お金などにそれほど執着することはないだろうに。少なくとも、ごく普通の当たり前の生活を、金銭的な心配などせずに送れるのが、最低限度の人間的・文化的社会というものではないのだろうか。

「お金があれば何でもできるのに」とわれわれが言うとき、この「何でも」が、それほど贅沢とは言えない、ほんのささいなことだったりすることがある。たまに気の利《き》いたレストランへ食事に出掛けたり、ちょっとしたスポーツで汗を流すことや好きな歌手や演奏家のコンサートに、家族でそろって行くことなどだったりするのだ。多くの日本人は「お金に目を眩ませている」というより、大して役にも立たない名目上の「大金」を手にしながら

ら、実際はつつましい生活が精一杯。そんな現実に大きな不満を感じつつもどうすることもできなくて、ただひたすら一生懸命働くことで、気をまぎらわせようとしているのかもしれない。

「豊か」な国でなら「当たり前」であろうことさえ、かなりのお金持ちでなければできないような国、ならではの現象なのだろうか。

神奈川新聞「自由の声・オピニオン」欄
（十月二十六日　三十四歳）

「健全な人間関係大切に」

家庭、学校、地域社会などでのコミュニケーション意識の希薄化が温床となって生まれる現象、事件、犯罪が増えているようだ。

親子の断絶、離婚、暴力、いじめ、学校不信、登校拒否、体罰、対教師暴力、あるいは、コミュニティー意識の欠如、周囲への無関心…。その根はすべて基本的に通じているようにさえ思える。

利害関係ばかりが重視された偏った人間関係が優先され、学校の友達や近所の人たちとの会話は、差し障りのない場当たり的なものになりがちだ。余計なことにかかわりたくないという自己中心的な思いから、日常的で自然な人間的触れ合いや、心のこもった意思疎通、他人への思いやりのある言葉の掛け合いなどをなおざりにしがちなために、われわれに対するしっぺ返しとして大きな悪循環が社会を覆っているのではないだろうか。

コミュニケーションが不十分であると、先入観だけで相手を判断したり、相手の個性や多様性を理解しないまま、親しみや敬意、社会的連帯感などを感じる機会をも失いかねない。また、日常的な「かかわり」がなければ、たとえ隣に住んでいたとしても、その人は自分とは別世界の人であり、テレビやビデオに出てくる―スイッチを切ればすぐに消えてしまう「だれか」にすぎなくなってしまう。

われわれの社会での人間関係の健全さをもし確認しようと思ったら、隣にいる人と会話を始めて、どれだけいい関係が持てるか、楽しい、心の和む世間話が自然にできるかどうか試してみればいい。

アメリカでは、例えば「握手」などによって互いの友好的な関係を確認し合わなければならなかったが、これまで単一民族的な共通理解を持ち得ていたはずの日本も、個々人の価値観や考え方を掌握しかねて、互いに「得体が知れない」と思い込みかねない状況がある。

知らない人とはあまりかかわりたくないと考えがちで、自分の、あるいは、身内同士の殻にこもりたがる習性は、大方の日本人に共通しているように思える。自分や身内を大事にするのは当然だが、そのことは、自己中心的な排他性を正当化する理由にはならない。

朝日新聞「神奈川版・ひとこと」欄

（十一月十七日　三十四歳）

「違法駐車には厳しく対処を」

県内の交通事故は一向に減る気配を見せない。環境問題がクローズアップされる一方で、好景気で大型車の重要は増えている。車の増える分、道路や駐車場の整備が進めばいいが、駅の周辺や住宅地の一般道路まで、青空駐車などの車であふれている。これらの違法駐車は道路の渋滞だけではなく、大きな事故を誘発しかねない。しかし日本では、違法駐車が間接的原因と思われる事故で、違反者に法的制裁が加えられたという話は聞いたことがない。

このような車を取り締まるために、例えば、違法駐車が発見された段階で、その度にコンピューター入力し、特定の車が一定の回数以上になった時、注意や警告を与えるといったことはできないものだろうか。

「ちょっとだけだから」とか、「まあいいだろう」というような勝手な判断がまかり通っている現状では、個人の良識に訴えたり、一部の違反者を取り締まるだけでは不公平感を増しかねない。違法駐車に対しては、より厳しいペナルティーを科す工夫が必要ではないか。

読売新聞「論点」欄

（十二月二十二日　三十四歳）

「『質と個性』重視の学校教育を目指せ」

学問の世界にも、単純な効率や利潤優先主義的発想の延長線上にある「質より量」を求める強い傾向が存在していることが気になってならない。学習において「量」ばかりが重視されれば、時間をかけるほど大きな目標が達成できるという発想が生まれるのは当然で、学校以外でのすべての時間も、ひたすら学習量を補うために費やされる。

ここで問題なのは、本来、特に義務教育において重視されるべき理解力や応用力、すなわち学習の「質」がなおざりにされているということだろう。一定の事柄についての基礎的理解不足を補うための時間は個々人によって多様であり、時間量が必ずしも理解の効率を上げるとは限らない。このような現在の学校教育における学習の「質」に対する認識の不十分さは、子供たちの持つ「個性」の捕え方やそれへの対応の仕方の問題にも反映している。個々人の基礎的理解力とその到達度こそ評価の対象であるべきで、それ以後の興味や個性に応じた知識の修得は、各自の裁量に任せられるのが理想だろう。

また、一部で学校に対する不信感が根強く

なっている中でも、まだまだ日本が依然として学校中心社会であり、個々人の生活パターンの確立や、それに応じた私生活の充実が求められにくい。

学校信仰ともいうべき姿勢からの期待感は、知識、友人、趣味、遊び、あるいは日常生活上の基本的なしつけに至るまで、親も子供も、あらゆるものを学校に求めようとする。一般の学校現場では、大小の犠牲を払ってでも、それらの期待にこたえざるを得ないのが実情だ。

もし、学校教育が単なる知的学習の場だけではないという前提を維持すべきだと考えるなら、少なくとも、初等、中等教育における学習に、知識に関して過大な量的成果を求めないという共通認識が必要だろう。こうすれば、それぞれの学習段階で身につけるべき一定の基本的理解力、思考力、表現力などの育成に、より注意が注がれ、「教科書を」学ぶのではなく「教科書で」学ぶのだという本来のあるべき姿を取り戻すことも可能だろう。

これができさえすれば、子供たちの態度も、単なる記憶に固執することなく、新しい知識を「知り」「考える」積極的な学習態度へと変わると信じたい。

以上のようなことを踏まえ、例えば、昨今の中等教育における生徒の学力不振、登校拒否、退学など多くの厳しい問題を抱えた現状をも考慮に入れれば、学校で学習すべき知識の精選と、学校が社会で果たすべき役割の吟味、整理、充実などが、まず成される必要があろう。

そして、中等教育以後の適性に応じた専門教育、高等教育などにおいてこそ、十分に個々の専門的な学習、研究内容などに応じた量的知識が積極的に求められるべきであろう。少なくとも、一般の公、私立学校における初等、中等教育は、このようなビジョンに沿って施されてよいと思うのだ。

一方で、一部、私立、国立学校などにおける「秀才教育」、あるいは「天才教育」などの意義も全くないとは言い切れない。あくまで個々人の選択の自由の範囲内で許容されるべきだろう。もし、これらの点でなんらかの問題が生じるとするならば、あくまでわれわれの常識やバランス感覚の問題である。

結局、教育に関しても、諸悪の根源は、偏った価値観や日本人特有の、なんでも右へ倣え式の群集心理にもあるようだ。

●平成二年（一九九〇年）

鎌倉朝日新聞「投書」欄

（一月三日　三十四歳）

「登校拒否を乗り越え、人生を考える機会に」

まるで「悩み苦しむために生き、そして生きるために悩み苦しむ」かのように見える、人生。私もしょっちゅう、そういう思いにかられました。それにもかかわらず私の周囲で多くの人が生きている。それも楽しそうに、幸福そうに笑顔を絶やさない人さえいる。以前それが信じられなかった私は、「きっと、生きていると自分のまだ知らない何かいいことがあるのではないか」と、人生なんか意味がないというそれまでの自分の「確信」を疑ってみたのです。

人間というのは生まれた時から、周囲の人や環境に影響を受けながら、「なぜ人は生きるべきなのか」という話や、あるいは自分や他人の「生きていて良かった」と思える体験などを見聞きして育っているのです。誰だって今どうして生きているのか、いつでもすぐに説明できるわけではありません。とにかく「生きている方が良いのだ」と、からだ中で覚えている、のかもしれません。

ところで動物は、特に生きたいという「意識」を持っているわけでもなさそうなので、恐らく本能的に死を避けようとするのでしょう。人間にも、そういった本能は働きます。

ただ人間には、より良く生きたいという欲求が動物以上にあるのではないでしょうか。そういう意識は、より良い生き方を相対的な価値判断によって目指そうとすることが多いですから、当然、今の自分の人生が、どうにも良い生き方とはほど遠いものに見え、ひどく落ち込んでしまうこともあるのです。

しかし、「落ち込む」ということは、自分の中に、より良い生き方への無意識のビジョンがつくられていて、それへと向かう欲求が強く働いているからなのでしょう。「空しい」と思うのは、決してそうありたいと望んでいるわけではなく、むしろ、より良く生きたいという強い意識の現われであることが多いように思います。

人間は、「生き方」についての理想を持つ必要があるようです。それを若者に示せない社会のあり方に問題もあります。到達すべきビジョンを持たないと、自分を客観的にとらえることができず、満足が即、不満に感じられてしまうこともあるのです。

たとえば、腹がいっぱいになった自分を客観的に見る、つまり空腹時のつらさを思い、あるいは今でも飢えている者のことを思う。そのことが、自分の満足を自分自身に示してくれるのではないでしょうか。また、客観的に自分を見るということは、謙虚さや、あるいは理性を持つということでもあるのでしょう。

人生は「生きる価値がある」と肯定できる体験が得られなかったり、主観的な思い込みが強くなると、生きることより死ぬことの方が良く見えることがあります。でもそれは、満足しているにもかかわらず不満を感じてしまったり、心の底で生きることを望んでいるのに「死」こそが良く生きるための代替《だいが》え手段だと思えてしまう、ただの錯覚なのかもしれません。

あなたがもし生きることの素晴らしさをまだ体験していないとしても、これからでも遅くはありません。ただ、「何をしても無意味だ」という、あなたの「確信」を何としても一度きれいさっぱり捨て去って、無邪気な子供のような心の状態にもどしてみる必要はあるかもしれません。

いずれにしても、やはり「人生というのは不可思議なもの」という思いは完全には打ち消せないでしょう。私も、自分が生まれて来たのも全くの偶然で、周囲にいる人、すべての物質文明、自然さえも、たまたまそこにあるだけだと思うこともあります。でも、今の生活、周囲の人々や社会、世界がめったにお目にかかれない偶然によって現われたどうしても見逃せないもののように思われて、自分や周囲に対する好奇心を打ち消せず、生きられるだけ生きてみたいと思わずにはいられなくなったのです。

無理に学校に行く必要はありません。ただ人生についてじっくり考える機会として下さい。本を読んだり多くの人の話を聞いてみて下さい。きっと今とはちがう自分や世界に出会えると思います。

毎日新聞「提言」欄（一月十八日　三十四歳）

「外国語学習用の日本語――表現の幅大き過ぎ語学下手に」

英語学習において日本人が感じる困難性は、英語自体の難しさから生じると言うより、むしろ特定の英語の表現に代わるべき日本語の表現の幅（豊かさ）が大き過ぎるからではないかと思えてならない。

例えば、「I」（私）という英語をドイツ語にする場合、ほとんど「ich」だけで済んでしまう。ところが日本語では、「私」を始め「僕」「おれ」「自分」「あたし」など、いくらでも置き換える表現が存在するのである。

つまり、状況に応じてどの表現を選ぶかにかけなければならない時間や労力が、日本人の語学嫌い、あるいは語学下手の原因の一つになっているのではないだろうか。

日本語自体の整理が、少なくとも外国語を学ぶときには必要で、言ってみれば「外国語学習用の日本語」とでもいうものが確立されてもいいと思うのだ。これは、外国人に日本語を教えるとき、どのような日本語を使うべきかという問題にも通じる。

いわゆる日本語の「簡略化」と言うより、他国の言語体系を考慮しつつ、スムーズな国際化を遂げるために必要な標準的日本語とも言うべき一つの「機能的方言」とでも呼べる日本語の用法の確立と普及とを目指すということなのだ。

外国語を学習したり外国人に教えていたりするときには、その用法のチャンネルに合わせれば、表現の選択に迷うことのない合理的な日本語。そんな日本語の存在は、特に日常生活で自らの方言と、東京弁、あるいは関西弁などを使い分ける地方出身者などにとっては違和感もさほどないだろう。

考えてみれば、英語が国際語として通用しているのは、英語圏文化の影響ということもあろうが、その合理性が即時的なコミュニケーション手段としての言語の役割を果たしやすいことが大きな理由の一つではないだろうか。

われわれが、例えば、英語が難しいと思い込むのは、むしろ日本語の複雑な面（特に受験英語の訳読など）に接することから身につく「言葉は難しい」という先入観、あるいは現状の学校教育における訓練不足を原因とする自己表現力への自信の欠如、煩わしさなど、言語全般に対するアレルギー反応のせいかもしれない。

いずれにせよ、現状の日本語環境におけるような読み書きこそ「正式」で、話すことを二次的と考える態度を外国語学習に持ち込めば、いつまでたっても外国語を話せないままなのは当然なのである。

神奈川新聞「自由の声・オピニオン」欄
（一月二十五日　三十四歳）

「外国と積極的に接して」

日本人は外国語を、主に翻訳技術を養うための読み書き中心に学習してきたため、実際的なコミュニケーションの手段としてでなく、単なる記号とみなし、日本語に置き換えたもののみを情報源にしがちである。

また、外国語を頭で覚える努力をしても、実際に外国人と接触する機会を持つ者は少ない。例えば、出張などで海外へ赴くことがあっても、日本人だけでかたまり、現地の人々がどのような考えを持っているか知ろうともせず、それまでに得た自分の知識だけを判断基準にして行動しがちだ。

現在のような国際化の流れの激しい時代には、今、世界の人々が何をどのように考えているのかに対する実感が欠かせない。言葉が完璧でなくても、同じ時間、場所で視線を合わせ、心を交わす努力をすることこそ、真の相互理解のための第一歩であり、語学学習に必要な基本姿勢でもある。

われわれは、英語の堪能な人に英語を教えてもらうことはしても、実際に使ってみることに臆病になりがちだ。また、自分で得た知識や情報を勝手に過信し、偏重し過ぎていないだろうか。

島国のため、異国の情報を一方的に解釈することに慣れてしまい、異質な文化や習慣を持った人間を目の前にして大いに戸惑っているのが国際化の中にいる今の日本人なのかもしれない。

外国との関係が重要になる時代に、積極的に異質なものとかかわっていく努力が不可欠だ。心を開いて、どんな相手でも対等な関係で接することができる度量を身につけてこそ、日本人の語学力も国際的に通用するものになるだろう。

神奈川新聞「自由の声・オピニオン」欄

「名簿の『男が先』は差別」

（四月十四日　三十四歳）

世界が激しく移り変わろうとしているなかで、われわれの日常生活においても当然、価値観や考え方の大きな転換が迫られる可能性は十分ある。

たとえ、固有の伝統的な文化的習慣だからといって、人権に反したり、差別的であるような現象が温存されてはならない時代になってきている。

最近、学校などで出席簿の男女の順番が問題になっている。現状では男子が先で女子が後というのが「一般的」であって、それが差別的であるとは多くの者は感じていない。

客観的に、冷静に考えて見れば、そこにはある種の先入観や偏見が働いているかもしれないと気づくのだが、そうでなければ「差別」など、とんでもないということになってしまう。

われわれは「状況適応」を優先させやすい国民性を持っているようで、そもそも普遍的とか、絶対的とかいう論理や理念のようなものに、違和感や疑いの気持ちを抱きやすい。

名簿の男、女の順については、「男を立てる」という伝統や基本的に弱肉強食的なルールにのっとった能率主義などが、男を先に、女を後にという習慣を定着させているようにも考えられる。例えば、これが日本国内の限られた地域だけでの習慣ならば、「そういう考え方もある」と容認することが可能なのかもしれないが、日本中が同じようなことをやっているのでは、人権擁護、男女差別撤廃などを求めている「世界的な常識」とは相いれないだろう。

「国際感覚」というのは、世界のどこにでも通用する、普遍的価値観を求める姿勢を持つということを前提にしてこそ、身につけられるのだろう。

われわれ日本人も、自らを客観的にとらえる「国際感覚」を持つことを、多かれ少なかれ迫られる状況になってきている。

読売新聞「論点」欄（四月十九日　三十四歳）

「英語教育変革で国際感覚養成を」

新学習指導要領（中・高）では、外国語の目標を、「外国語で積極的にコミュニケーションを図ろうとする態度を育てるとともに、言語や文化に対する関心を深め、国際理解の基礎を養う」としている。高校で「オーラルコミュニケーション」の科目が新設され、「実用英語」の修得が強調されたことは時代の必然的要請と言えよう。

しかし、大多数の学生の英語への関心は、もっぱら受験にあり、難解な語彙《ごい》や表現などの暗記が主になっているのが現状だ。無論、文法にしろ受験英語にしろ、その学習自体が全く無駄になるとは限らない。問題は、「聞く」「話す」「読む」「書く」という能力のバランスである。

学校教育における「実用英語」の見直しは、なにも「会話偏重」を勧めるわけでなく、人の話を聞き、自分の考えを口頭で伝え、必要に応じて読み書きができるという、自然な形での語学教育の必要性を訴えているに過ぎない。教授法や施設の改善、あるいは入試や教育課程、人材確保など制度上の見直しはもちろん、何よりも語学教育に対する我々の意識変革こそ必要である。

特定の民族の母国語から国際語化した英語は、もはや世界の共通語となりつつある。また、英語以外の外国語の学習さえ、より充実した国際理解のため求められている。

頑固に英語を拒否してきたフランス人も、必要に応じて英語を使う傾向にあり、アメリカなど外国語学習が盛んになっている。

日本の学校教育においても、早い時期からの英語や第二外国語学習の位置付けの定着が、ぜひ望まれる。

日本人は学習歴に比べ外国語習得が不得手と言われるが、日本語だけで生活に困らない環境や、そこから生じやすい他国語への無知や無神経さなどが、外国語自体やその背後の文化への興味、関心を失わせているように思われる。国力に伴う自信や優越感などが、ややもすると他国の文化に傲慢《ごうまん》になりやすくなることへの自戒は欠かせない。

言葉、言語への関心は、互いの思いの理解を深める。また外国語学習は、国境を超えた人々の意思疎通を図り、自らの言語、文化に対する客観的態度をも身に付けさせる。異質なものへの好意的関心、寛容さ、あるいは人類全体を視野に入れた人権意識などの養成は語学学習の根本目標であり、その結果身に付くのが、語学力をも含む「国際感覚」なのだと言えよう。

和製英語の氾濫《はんらん》や日本語自体の乱れが目立つ昨今、例えば、「外国語学習が母国語に悪影響を与える」というような認識が生まれがちであるが、語学学習への目的意識、効果的な教授法や設備、学習時間数などが不十分な、中途半端な学習環境にこそ問題があることに注目すべきだろう。

国語はもちろん、語学教育の徹底は、言葉に対する認識を深め、安易な外国語の使用を防ぐ「言葉のケジメ」をも育て得る。

外国語への無関心は自国語をも退化させかねないことを自覚し、英語学習への反論として聞かれがちな「英語が国際語になることは英語圏国民に有利で不公平だ」などという狭量な発想を捨て、英語が国際語たる条件が何であるかを謙虚に見つめ、日本語の発展への参考にこそすべきであろう。

神奈川新聞「自由の声・オピニオン」欄
（五月二日　三十四歳）

「死刑制度存続の根拠」

昨年十二月十五日、国連で死刑廃止条約が採択された。同月に発表された総理府の「犯罪と処罰に関する世論調査」では、死刑廃止に反対が六七％、賛成は一六％で、国民の多くが死刑制度は必要と考えている。

廃止条約の採択においても賛成五十九カ国、棄権四十八カ国で、反対の二十六カ国の中に米、中、イスラム諸国などと並んで日本も含まれている。西独、フランス、オーストリアなどヨーロッパや中南米などでは全廃され、制度は残っているが実質廃止状態の国も多い。

犯罪発生率が日本などとは比べものにならないアメリカや、宗教上の問題などもあるイスラム諸国などが、死刑廃止になかなか踏み切れないのは想像できるが、日本での死刑存続論の根拠は何であるのだろう。

事件が起きた場合、被害者の気持ちを考えると、凶悪犯には極刑が当然だとする感情的思いが高まる。あるいは、犯罪抑止力として死刑を容認せざるを得ないのか。

人道上、残酷な刑罰として、死刑廃止の動きが世界で高まっている。例えば、「死には死を」という、みせしめ的制裁の意味合いの強い刑罰が、本質的に犯人と同じあやまちをわれわれにも犯させかねないという危ぐを抱く必要があろう。

他人の人権を否定した者の人権は無視されて当然と、われわれは割り切ることができるだろうか。悪い人間、社会に害を及ぼす可能性のある人間はこの世から抹殺してしまえば安心、という発想が肯定されかねない状況の持つ危険は大きい。

あってはならない犯罪をふたたび起こさないために、われわれに何ができるだろうか。少なくとも犯人を死に追いやることで、すべてが解決するわけではない。

それにもかかわらず、われわれは死刑をあたかも万能であるかのように自らに思い込ませようとしていないだろうか。社会がかかえている本質的な問題を問い詰めていく努力を惜しむための言い訳として、死刑制度の存続が正当化されてしまっているように思えてならない。

神奈川新聞「自由の声・オピニオン」欄

（七月三日　三十四歳）

「弊害生む『日本人意識』」

本紙「照明灯」で、今話題になっている『「NO」と言える日本』とその続編などに触れ、「日本人は自分に向かってNOと言いたがらない。しかし、石原さんのNOが、こだまとなって、米国やアジア諸国から、大きなNOが返ってきそう」と結んでいたが、共感を覚えた。

われわれが、日本の経済力などの客観的に優れた点に自信や優越感を持つのは自然かもしれない。が、優越感ばかり大きくなった結果のおごりや高慢な態度が、米議会による批判を拡大した背景にあるのではないか。

過剰な「日本人意識」、成功をひけらかす尊大さは、アメリカ以外の国々との関係にさえ弊害を生じかねない。

また、対米批判において「人種差別的」などという言葉をむやみに持ち出すより、この種の言葉の背後にある悪状況を改善しようとする共通認識に立ち、差別意識を呼び起こす用語を無くすことで、差別そのものをも消滅させようという国際社会の理想、理念への配慮が必要だ。

たとえ「優越感」や「差別意識」が人間の本性であるとしても、それらを最小限にとどめる努力の姿勢があるか否かを問うべきだろう。

アメリカでは異（移）民族同士が、まがりなりにも共生しようと積極的努力がなされている。一方、日本では相も変わらず異民族、異人種、さまざまな立場の弱者たちへの差別、偏見が日常的に存在する。それに対処する確固たる共通認識が十分確立されていない。

他国の態度にかかわらず、日本が謙虚かつ客観的に問題の本質を見極め、積極的に対処して行くことこそ、日本の、また世界のためにもなろう。

日米関係のぎこちなさの原因は、われわれが日常的に持つ被害妄想的な劣等意識にもあるのではないだろうか。『「NO」と言える日本』という発想自体、日本がアメリカに対して持つ潜在的、また、「内輪向け」と「外向け」を区別する日本的態度も不信感を抱かせる原因となる。

日本語と英語との翻訳ギャップを強調することも、日本語（日本人）と英語（英語圏国民）との理念的異質性を認めることになり、米側による「日本異質論」や「修正主義」の根拠にされかねない。

●平成三年（一九九一年）

産経新聞「談話室」欄

「駐車違反者は事故への責任大」

（五月二十五日　三十五歳）

職業柄のせいもあり、高校生のバイクによる事故の記事が目にとまる。その中でも、駐車中の車両への激突による「早すぎる死」には憤りを禁じ得ない。例えば、駐車違反の車両は少なくとも事故の間接的原因にはなっているはずで、かなりの責任を問われるべきだろう。

しかし現在のところ、警察の対応も法や国民意識を根拠に「駐車していた運転手からも事情を聴いている」程度で、らちがあかない。駐車禁止の路上には車を停めないのが当然で、特に夜間など、やむを得ないときには、停車灯などで他の車両（自転車、通行人なども含む）に十分な注意を促すべきだ。

もしこれを怠り事故を誘発した車両の責任が追及されなければ、同じような事故は減らないだろう。経済優先の行き過ぎや自信過剰による尊大さ、自己中心性などが、知らないうちにわれわれに生命軽視の風潮を容認させてしまっているように思えてならない。

東京新聞「発言」欄（六月一日　三十五歳）

「漢字簡略化より難名にルビ」

珍しい名前のため、読み間違えられて困ると苦労話をする生徒がいる。教師として私も、出席を取るときなど、かなりの注意を払い、失礼のないようにとの心構えはあるのだが、「見込み」で呼んで生徒にしかられることもよくあることだ。

日本では、口頭による自己紹介を積極的にする習慣があまりないので、珍しい名前を持つと、さまざまな場所で「聞き慣れない自分の名前」を呼ばれることになる。

私も名前を読み違えられたり書き違えられたりすることは多い方だが、いちいち訂正したり説明したりするのに疲れて、どう読まれても気にならなくなってしまった。が、あきらめる前に何か良い工夫はないかと考えてみるのもいいかもしれない。

日本語の簡略化などを含み国際語として合理化（理解しやすい）された日本語のあり方が議論される昨今だが、日本語を日本語らしいまま改善していくには、漢字の簡略化などより、例えば名前には必ずふり仮名を付けるなど、手間を惜しまない努力も有効ではないだろうか。

印刷物などには少なくとも固有名詞にはルビをふるなどしてもよく、そのための技術開発も必要だろう。ワープロなどの発達は、これまで切り捨てられてきた面倒な表記をも容易にして旧字体の復活などが問題にさえなっているが、日本語らしい日本語を守るための役に立ってもいるのではないか。

神奈川新聞「自由の声・オピニオン」欄

「子供の人権守る社会を」

（六月十三日　三十五歳）

子供の人権への配慮が求められる中、子供への身体的暴行、心理的虐待、保護や養育の怠慢、拒否、子連れ心中など、憤りを禁じ得ない現象、事件は後を絶たない。子が親の犠牲になっていると言わざるを得ない。

子の親といえども、子の幸福追求の権利を侵すことはできない。権利主張は義務を果たすことが前提であり、子供の権利への配慮が、親の権利主張に先立ってなされているかどうかが問題だ。実際には、個人として弱い立場の子供の人権が、周囲に気付かれにくい状況で危機にさらされている可能性が大きい。このような現状へのチェック体制の確立や法定フォローの充実が急務であろう。

客観的に劣悪と思われる家庭環境の子供を、積極的により良い環境へ移す努力が一層なされるべきだ。国や一般社会は保護司制度の充実、里子や養子などへの意識の転換や、経済的補助など改善策についても真剣に考えるべきだろう。少年犯罪の凶悪化とともに、少年法の見直しなどが議論されている。が、不幸な境遇で自分を守る手段や権利主張の機会を与えられもしない少年が、親や社会に対し潜在的な不信感やある種の恨みを抱き、それがきっかけで犯罪に走ったとしてだれが一方的に非難できよう。

犯罪は犯罪である。が、問題は不信感を抱かれるような親や大人たちの身勝手な行動に、積極的な批判も、しかるべき制裁もないまま、ということではないのか。少年非行や犯罪の背景には、大人社会が抱える矛盾が存在する。正されるべき事柄を社会（大人一人ひとり）が是正して行く姿勢を持たぬなら、罪を犯した少年を責めることはできず、彼らを立ち直らせ犯罪を防ぐことも難しい。

「現実は厳しいから、不遇や理不尽さに耐え懸命に生きることのみ正しい」と子供たちに言い切れるだろうか。不正や矛盾を見極め、無くしていく努力が伴ってこそ、逆境を克服したことになる。子供が素直に正しいと思うことを表明できない社会には、子供たちの心のひずみの表われへの責任が明らかに存在するのである。

神奈川新聞「自由の声」欄

（八月二日　三十六歳）

「『安楽死』の選択はエゴ」

「脳死」容認は、肉体的な命があるうち死を受け入れる意味で、「安楽死」の肯定に通ずる。安楽死を個人的には受け入れ難い、と思っている立場から脳死、脳死移植に対する疑問は残る。

「死」が「安楽」であるかどうかなど、わかるのだろうか。死に至る過程にすぎぬ「死に方」の善《よ》し悪《あ》しを根拠に、死を早めることが許されるのか。痛みや精神的苦痛に対処する医療上の限界、あるいは周囲の者たちが患者の悲痛な状態を見るにしのびないために、本人の意思によろうと一個の人間を死なせていいものなのか。意識のあるうち周囲の者に「殺してくれ」と「意思」を伝えた患者でさえ、周囲との意思伝達が不可能になったとき、果たして死を望み続けていると言い切れるのだろうか。まして日本では、欧米社会のように宗教的背景が前提になる場合と異なり、現実における死の情緒的「美化」が行なわれやすい。患者の死の選択を認めれば、自殺行為の容認や奨励にさえなりかねない。

患者に苦痛を与え続けることは拷問のように見えるが、患者を苦しめようという意識的行為とは異なる。家族の者が見るに見かねて、あるいは患者が家族の苦労を気遣ってであろうと、「死」を選ぶ行為は生命の尊厳の前に、ともにエゴイスティックなものに思える。

患者が「死にたい」と口にするのも、周囲の者が「死なせてやりたい」と思いやるのも、あきらめや思い込みなど克服されるべき人間の「弱さ」が取らせる行動ではないか。家族が胸をかきむしられる患者の悲痛な叫び、表情、見るに耐えない発作でさえ、生あるものが本能的に示す「生きたい」との意思表示に私には思える。

「生きながらえるためだけの医療は問題」との〝進んだ〟考えを根拠に、脳死や安楽死を認めていいものなのか。科学的知識や情報は不可欠だが、われわれ自身の体験や洞察によって自ら十分納得できる結論を出すことが重要だ。

安楽死、脳死および脳死移植を積極的に認めてゆくなら、当事者はもちろん、第三者も疑問なく結論を出し行動できる社会的コンセンサス、その前提となる健全な人間関係、信頼できる医療環境などの確立をどう成すかが一番の課題となるだろう。

●平成四年（一九九二年）

朝日新聞神奈川版「ひとこと」欄

（三月十日　三十六歳）

「留守番電話の無言やむなし」

五日付「留守番電話も無言はやめて」を読んだ。同様の経験を持つので同情はできるが、違った考えをするようになった。

例えば、帰宅して録音を聞くと「電話してくれ」との内容だとする。かけなおすと相手も留守番電話。そんなとき何も言わず「あとでまたかけよう」と思ってしまうのも自然ではないか。いろいろなケースがあり得る。

また、留守番電話は話さなくても料金を取られるという問題もある。かけてもらって自分が出もせず、その上お金を払わせて「黙って切るな」ではあんまりだろう。

「二度とかけたくない」と私自身思ったこともある。留守番電話の限界を感じる。

録音らしき応答があれば、「留守」と判断するのは普通ではないか。反射的に要領よく録音できる人は少なく、何も言えないのが一般的だろう。一方的に責められない。

要するに、どんな便利な道具でも一長一短。無言の録音が気になるなら留守番電話など使わぬ方がよい。基本的には「電話をありがとう」の姿勢を、私はもつ努力をしている。

読売新聞「激論コーナー・尊厳死」欄

（四月十一日　三十六歳）

「生命軽視では」

「死に方」の善し悪しで死を選ぶのは生命軽視ではないか。医療上の限界や家族の精神的苦痛を根拠に、患者を死なせるべきか。経済的理由での死の正当化も、「間引き」や「うばすて山」的発想ではないのか。

「殺せ」と「意志」を伝えた患者は、意思伝達が不可能になっても死を望み続けると言い切れるか。宗教的背景のあいまいな日本では死の美化が行なわれやすい。死の選択の容認は、自殺行為の奨励になりかねない。

患者が「死にたい」と口にするのも、家族が「死なせてやりたい」と思うのも、克服されるべき我々の弱さが取らせる行動ではないか。見るに耐えない患者の悲痛な叫びや表情、発作でさえ、生あるものが示す「生きたい」との本能的意思表示に私には思える。

東京新聞「発言スペシャル」欄

（四月十五日　三十六歳）

「死刑を容認する傲慢さ」

日本では、「死刑廃止」が国民感情的になかなか受け入れられないようだ。犯罪抑止、被害者感情への考慮など、死刑存続の根拠としては説得力はあるだろう。私の場合、少なくとも観念的には、死による報復措置は好ましくなく、廃止されるのが理想と考えている。

例えば、「善人」が「悪人」を殺してしまったとき、その善人に死刑を科すのは妥当と考えるだろうか。恐らく存続派の多くの人も妥当でないと判断するのではないだろうか。では、今度は、「悪人」が「善人」を殺したとしたらどうだろう。死刑は当然と言うのだろうか。

「社会秩序」や「感情」を根拠に人に死を与えることを考えるなど傲慢《ごうまん》も甚だしい。殺人犯には、自分の都合で人を死に至らせることの傲慢さと罪深さとを知らせ、改心し社会に報いる機会を与えなければならない。

過って人を殺してしまったのと、悪意を持って殺したのとでは、罪の大きさは異なるかもしれない。が、もし、両者をともに死刑にすることに躊躇《ちゅうちょ》するのなら、両者ともに生かすことを考えるべきではないかと思うのだ。犯人を生かすか殺すかが問題なのではない。犯人とともに、われわれが何をすべきかが問題なのではないか。

神奈川新聞「自由の声・提言箱」欄

（四月二十五日　三十六歳）

「英語で意志通わす努力を」

日本での英語教育がうまくいっていると言えないのは、教え方にも、もちろん問題はある。が、英語の上手な日本人が公式の場で英語を使うことが少なかったために、今の子供たちや、かつて生徒であった私も含めて、英語に対する興味、関心、あるいは英語の必要性の実感を持てなかったことに、原因の一つがあるのではないだろうか。

「実用英語」の良いお手本を示してくれる日本人が増えれば、子供たちが積極的に英語学習に取り組む動機付けになるだろう。その意味で以前、宮沢首相が国連演説を英語で行なったことに賛否両論はあったが、私個人としては評価すべきと思う。

日本語の「豊かさ」は、一方で「複雑さ」にもなり得るもので、日本語での演説が、通訳を通して瞬間的に十分理解されることには限界がある。通訳は必要悪であって、基本的には世界共通語である英語で直接訴えかけることが望ましいのではないか。少なくとも現在の日本での英語教育の理想は、世界の人々と英語を用いて意志疎通を図れることだ。

母国語に対する思い入れは自然ではあるが、強すぎると問題で、母国語を大切にすることと、世界会議で英語を用いて説得する努力をすることとは、矛盾しないと考えたい。

また、もし母国語以外の言語に意味もなく不快感を抱くとすれば、それは自分とは異なるものに対する排外的態度にも通ずる。

外国語への寛容さをなどと問題にするまでもなく、複数の言語の使い分けが自然にできる能力を身につける努力をもっとしてみてもいいのではないか。

日本語での方言、あるいは丁寧語、尊敬語などを使い分ける日本人なら、日英語の使い分けなど、その気になればそう難しいことではないように思う。

イギリス人も言葉に対して神経質なところがあって、例えば、日系企業などで日本人の上司が他の日本人と日本語で話したりすると、仲間外れにされているような被害妄想に陥ることがあるそうだ。日本人も同じような傾向があるのかもしれない。互いに、ある種の島国根性から脱しなければならない。

東京新聞「発言・ミラー」欄

（五月十五日　三十六歳）

「コミック雑誌などの『有害性』問題　自らの心に規制与え得るモラルを」

コミック雑誌などにおける「有害性」が問題になっている。「規制」が表現の自由などとの兼ね合いで難しい問題を含むことは事実だが、ポルノ的な表現への作家自身の「慣れ」による自己規制のゆるみ、あるいは成人向け書物に対する読者や一般社会の管理意識の欠如などの現実がある以上、なんらかの手段は早急に取られなければならないだろう。

昨今の青少年犯罪者が、自らの行動にさほど罪の意識を感じてないように思われるのは、彼らが心の中で自らの行動を、なかば「肯定」してしまっているからではないか。

何をやっても最後には許されるだろうとの安易な判断によることもあろうが、実際の犯罪行為に至る兆候ともいえる日常での粗暴な言動などが、ほとんど見過ごされていないだろうか。そんな風潮の中の家庭や社会で彼らが育っていることに、大きな原因があるように思えてならない。

テレビ番組、雑誌などに見られる「刺激的な表現」が、青少年にどういう影響を与え得るかを、われわれは体験的、常識的に、あるいはある程度の科学的根拠に基づいて理解しているはずなのだ。それにもかかわらず、

「自分は罪を犯さなかった」という理由だけで、奔放な「表現」による悪影響を最小限のものに、とらえがちである。

例えば、女性が常に暴力の対象となるような光景を映画、テレビ、劇画などで目にすれば、子供や青少年の心には、それが決して異常ではない、ありきたりの情景として受け入れられていきかねない。

「性」のとらえ方や「生き方」そのものに関する教育が積極的になされていない現状では、一方的に有害情報群による弊害ばかりが青少年に受け入れられたとしてもおかしくない。彼らの「弱さ」がそうさせかねないことに、大人はより大きな注意を払うべきだ。

彼らに頭の中の暴力的イメージの実行（犯罪的行為）を踏みとどまらせているものは、そのための「条件」が、たまたま備わっていないということだけなのだ。

少なくとも心の中では、自らの欲求を満たすための行為の実現方法を、彼らは豊富な「情報経験」から知っている。従って、自己規制が及ばない大きな衝動を感じたときや、社会の目から隔離された密室的な状況の中では、ちょっとしたきっかけで容易に犯罪が実行されかねない。

自らの心に規制を与え得るモラル（大人による導き）が育ち得る状況より、それを否定するような情報の方が多い状況の存在が、今の社会の一番の問題だろう。

神奈川新聞「自由の声」欄

（五月十七日　三十六歳）

「弱みつくホテルの特別料金」

五月一日の「GWのホテルはなぜ特別料金か」の意見には同感だ。混雑をねらって、客の弱みにつけ込んで料金をつり上げていると思われても仕方ないのではないか。むしろ、ふだんより安くしてもいいくらいだ。利益も大事だろうが、そればかりというのではサービス業の名が泣くのではないか。

もっとも、金額を上げて、今はやりの「差別化」によってお金に余裕のある者の優越感を満足させることで使命をはたしていると言われればそれまでだし、また、混雑の集中を避けるための「工夫」と取れないこともない。

結局、高くても当然であるかのようにあきらめてしまう消費者にも、問題はあるのかもしれない。

ところでアメリカのハイウエーは、「ただ」のところばかりでなく、フリーウエーの「フリー」は無料という意味ではない、と私は記憶している。

朝日新聞「声」欄（六月二十九日　三十六歳）

「多妻の雄猿が知能高いのか」

京都で開かれた日本霊長類学会で、「多妻の雄猿の方が、大脳新皮質の割合が高い」と発表された。どの報道も「一夫一妻より一夫多妻の雄の方が知能が高い」というような単純な受け取り方が目立ち、いかにも男性社会らしい反応との印象を受けるのは、うがった見方だろうか。

「男＝人類」「雄猿＝猿類」式の発想が垣間見られるようで、一妻にしろ多妻にしろ、妻にされている雌猿の知能の方は研究対象にはならないのか、との疑問を抱かざるを得ない。雄は求愛のため、雌の関心をひくために知能を働かせるのだという。

　すると、雌は、雄にモーションをかけられるのを待つだけの存在という筋書きなのだろうか。「多妻は雄猿の甲斐《かい》性」というわけか。

　群れが大きくなり、互いの関係が複雑化するほど脳の発達が促進され得るだろうことは推測できるが、「多妻」が必ずしも「複雑化」を意味するかどうかは疑わしい。

　人間、動物を問わず、特定のパートナーと長く連れ添うほうが、よほど「知能」を必要とするとも考えられるのだが。


朝日新聞「声」欄（七月二十日　三十六歳）

「宗教の見極め　まず自己確立」

　統一教会の集団結婚式に関連して七日の本欄で「非人道的」との批判があったが、例えば、「世界は家族」というような一つの理想理念に共感し、理解し合った間なら、たとえ恋愛期間というようなものがなかったとしても、りっぱに家庭を営んでいくことが可能ではないか。「相互理解」も「相寄る心の結びつき」も十分、生じ得るのではないだろうか。

　むしろ、親に言われるままに「見合い」で

結婚したり、あるいは「打算」でする結婚などより、よほど健全に思われる。一層の配慮が必要なのは、写真を見ただけで外国から「嫁」を呼び寄せるというような現象などではないのだろうか。

しかしながら基本的に結婚は、当事者の意思の問題であり、他人がどうこう言うべきものではない。法的に問題がないのなら、それこそ個人の結婚観やモラルの問題だろう。

一方で、人は弱いものであり、困ったときには、どんな宗教、どんな人、物であってさえ本人には大きな支えとなることがある。出会ったばかりの人や思想を、よく考えもせずに即座にありがたく、崇拝に値するものと思い込んでしまうこともある。

どれが本当に自分の信じるのに値する宗教であるかを見極めるには、少なくとも十分な自己の確立と冷静さが前提であるということを考えておく必要はあるだろう。

東京新聞「発言・ミラー」欄

（七月三十日　三十六歳）

「大人の努力不足の責任も　ヨット事件の判決に思う」

戸塚ヨットスクールの戸塚宏校長ら計十人に判決が言い渡された。

小島裕史裁判長は、戸塚校長らの体罰について、「多くの体罰は訓練生のため、あるいは合宿生活の秩序維持のためと認められ、目的の正当性はおおむね肯定できる」という判断も添えた。

また「再犯の恐れがない」として執行猶予

付きとしたが、被告側が「体罰は親から民法上の懲戒権を委託されて行なった正当な行為」であると主張している限り、少なくとも体罰に関する考え方に変化が見られることはないだろう。

強制わいせつの疑いや傷害、暴行、リンチなどを発生させるような状況下で行なわれる「教育」に、果たして支持すべき余地があるのだろうか。例えば、「情緒障害は虚弱した脳の基幹部分（脳幹）を鍛えれば治る」という戸塚被告の教育論が全く受け入れ難いというのではない。

しかし、「鍛え方」については、もっと科学的な根拠や非暴力的、教育的アプローチなどによって、研究、実践を進めていくべきではないのだろうか。

体罰については受け入れ難いが、非行や家庭内暴力に走る子供たちをマンツーマンで指導し続けられていれば、大きな事件も発生しにくかったのではないのか。

現在の学校教育における登校拒否などの弊害も、結局は規模の拡大、不適性から生じているように思えてならない。それを放置する行政や専門家、親や教師の努力不足の責任も忘れてはならないだろう。

神奈川新聞「自由の声・提言箱」欄（八月六日　三十七歳）

「給食への大胆な『投資』を」

学校給食の存廃が議論されている。少々飛躍し過ぎるかもしれないが、この種の日常的問題が思いのほか、生徒に大きな影響を与え得るであろうことは想像に難くない。例えば、登校拒否は、中退問題などについてさえも、学校が備えているべき「日常的魅力」の欠如が、その大きな原因の一つになっているように思われる。

今のほとんどの学校では、最も重要で楽しかるべき要素の一つである食事の時間、場所の充実がまず不十分であるのが現状である。どんな子供も「安心して食事ができる」環境を、いかに確保するかを大人は真剣に考えるべきであろう。

生活する中で重大要素である「食」については、子供の神経が過剰に働きがちになったとしても、むしろ当然のことと言える。給食ぎらい、弁当ぎらい、また人前で食事をすること自体を嫌う時期もあることに配慮し、できる限り弊害を少なくしたまま、子供の成長過程における物質的、精神的危機の一つを乗り越えさせる工夫、思いやりを忘れてはならないだろう。

体質、心理状態、成育環境などの違いを前提として、どの子供も自分のありのままの状態をいったんは受け入れ、自らを客観視しながら成長していけるような学校生活を保証してやる努力が欠かせない。学校においてそれぞれの子供が自分の身を置くための、ある程度の状況の選択の余地を与えてやらなければならない（例えば、給食、弁当ともに可が理想）。

また、子供の感受性や個性を守り育てていくためにも、単純な効率主義や集団主義的な雰囲気が日常的にまん延してしまわないような意識の変革を、親や教師が成すことが先決だろう。

このような理想を具体化するためには、まず日常における食生活の安定、維持が学校においても発展し得るよう、すべての学校への「食堂」的施設の設置を前提とし、実際の社会生活に近い自然な形での「食」の場・時間・内容を確保する必要がある。家庭、学校、社会においての食事の体験が、相乗的に良い影響を与え得るような配慮が必要であろう。

給食に関する議論は今後も続くだろうが、とりあえず存廃を問わず、学校における生徒の人間らしい「食」の確保のための財政的、時間的な思い切った「投資」が不可欠ではないかと考える。

朝日新聞「声」欄（十二月二十六日　三十七歳）

「制服依存では個性は伸びぬ」

九日と十八日の本欄の制服論議に一言。私は、個人的に、日本で制服があまりに一般的になり過ぎていると感じている。とくに中、高校での制服生活が日本人の多くに良い意味で個性的であることを、互いに許容できなくさせているように思えてならない。容姿や考え方などまで皆と同じであることが当たり前、という感覚をも染みつかせているのではないのか。

日本の学校教育は、小学校まではうまく行っていると外国人から指摘されることが多い。せっかく自由な格好で、もっと個性を伸ばそうという時期に、中学、高校で制服により、その芽を摘んでしまう（そうせざるを得ない？）ことに問題があるのではないのか。

確かに集団生活には、自分をころさざるを得ない規律が必要だろう。しかし、学校などは、普通に人として生活して行く日常社会（あるいは、一つの理想社会）であるはずだ。その中でのルールは個性まで殺して守るというより、むしろ自分を生かしつつ、進んで自分や周囲の者の、より良い在り方を考えることを前提としているはずだ。

個性を伸ばすことは簡単ではなく、皆と同じでいることより苦労がいる。信念が不可欠だ。「制服依存」によって進歩はなく、むしろ弊害の方が大きいのではないだろうか。

●平成五年（一九九三年）

神奈川新聞「自由の声・提言箱」欄

（一月二十一日　三十七歳）

「生き方について理想持て」

水戸市のマンションから女子中学生五人が集団で飛び降り自殺を図った事件は、改めて今の日本で「死」について日常的に考え、話し合う機会を、家庭や学校で積極的に持つことの必要性、大切さを痛感せずにはいられない。

例えば、昨今の安楽死や尊厳死などの議論が盛んな状況の中で、われわれ大人は、どれだけ子供たちの死に対する純粋な恐怖やあこがれについて配慮してきただろうか。死や宗教について社会（大人たち）は、子供たちにどんな共通認識（理念や理想）を持って訴えかけてきているのだろう。それなしの安楽死、尊厳死の論議は、子供たちに死への憧憬《どうけい》や自殺願望を、安易に発想させてしまうように思えてならない。

人間というのは、生まれた時から、周囲の人や環境に影響を受けながら「生きている方が良い」という話や、あるいは自分や他人の「生きていて良かった」と思える体験などを見聞きして育っている。

どうして生きているべきなのか、簡単に説明できるわけではないが、少なくとも「生き続ける努力をすべきだ」と、日常生活の中で実感できなければならないはずだ。今の日本

郵便はがき

料金受取人払郵便

新宿局承認

2080

差出有効期間
平成28年7月
31日まで
(切手不要)

160-8791

843

東京都新宿区新宿1－10－1

(株)文芸社

愛読者カード係 行

ふりがな お名前		明治 大正 昭和 平成	年生 歳
ふりがな ご住所	□□□-□□□□	性別	男・女
お電話 番 号	(書籍ご注文の際に必要です)	ご職業	
E-mail			
ご購読雑誌(複数可)		ご購読新聞	新聞

最近読んでおもしろかった本や今後、とりあげてほしいテーマをお教えください。

ご自分の研究成果や経験、お考え等を出版してみたいというお気持ちはありますか。

ある　ない　内容・テーマ(　　)

現在完成した作品をお持ちですか。

ある　ない　ジャンル・原稿量(　　)

書　名				
お買上 書　店	都道 府県	市区 郡	書店名	書店
			ご購入日	年　　月　　日

本書をどこでお知りになりましたか?

1.書店店頭　2.知人にすすめられて　3.インターネット(サイト名　　　　　)

4.DMハガキ　5.広告、記事を見て(新聞、雑誌名　　　　　)

上の質問に関連して、ご購入の決め手となったのは?

1.タイトル　2.著者　3.内容　4.カバーデザイン　5.帯

その他ご自由にお書きください。

(　　　　　　　　　　)

本書についてのご意見、ご感想をお聞かせください。

①内容について

②カバー、タイトル、帯について

弊社Webサイトからもご意見、ご感想をお寄せいただけます。

ご協力ありがとうございました。

※お寄せいただいたご意見、ご感想は新聞広告等で匿名にて使わせていただくことがあります。

※お客様の個人情報は、小社からの連絡のみに使用します。社外に提供することは一切ありません。

の社会で、どれだけそれが可能だろうか。

人は、生き方についての理想を持つことが必要だろう。それを若者に示せない社会の在り方にも問題がある。到達すべきビジョンを持たないと、たとえ満足していても、その自分を客観的にとらえられず、満足が即、不満にさえ感じられ、自暴自棄にもなりかねない。

「人生は生きる価値がある」と肯定できる体験が得られなかったり、主観的な思い込みが強くなったりすると、生きることより死ぬことの方が良く見えてしまうこともある。しかしそれは、心の底で生きることを望んでいるのに、「死」こそが良く生きるための代替《だいたい》手段だと思い込んでしまう錯覚にすぎないのではないか。

死や宗教について、若いうちから真剣に考えることは、決して悪い意味での「寝た子を起こす」ようなことにはならないだろう。むしろ、自殺や新興宗教などへの短絡的な依存を防ぐためにも不可欠であると考える。

神奈川新聞「自由の声」欄

（三月二日　三十七歳）

「運行ルール知らせる努力を」

二月十四日付「心を和らげる一言を大切に」を読んだ。自分の都合ばかりが先走りがちな、この種の批判投書だが、ちゃんと「運転手さんの考え方」にも思いをめぐらし、冷静に問題点を指摘しているのに感心した。

赤信号で止まっているバスのドアを軽くたたいて、「すみません」と声をかける男性に気付いているにもかかわらず、何も言わずに発車した運転手さんが、彼女の指摘のように「一言」適切な言葉を発すれば、どれだけその場が人間的なものになっただろう。

また、若い人たちが、今の社会のこの種の殺伐とした光景を、当たり前のものとして身につけてしまう機会を一つでも減らせたことだろうに。

今回のように、停留所以外の場所での停車を拒否されて、運転手の融通のきかなさに憤慨した経験を持つ人も少なくないと思う。バス運行上のルールを一般乗客にも知ってもらうための説明をすることも、社会生活の中で互いの意思疎通をより豊かにするために大切だと思う。

神奈川新聞「自由の声・ぼやきマイク」欄

（三月七日　三十七歳）

「缶入りおにぎりはわがまま」

冷凍処理したおにぎりを缶に詰めて、自動販売機で温かいまま販売するという記事を新聞で読んだ。いわゆる引き上げ式の缶ぶたを取って食べるために、缶ジュースなどと同様、ごみの問題や取った缶ぶたの安全性などの問題が大きい。

なぜ、おにぎりが缶詰でなければならないのだろう。確かに温かいおにぎりは魅力的かもしれないが、単なる便利さを通り越して、わがままな、ぜいたくになりかねないのではないか。

読売新聞「気流」欄（三月二十三日　三十七歳）

「日の丸、君が代なぜ固執する」

十八日付の「日の丸論議ゆとり持って」を読んだ。「自己の主張を正当としても、物事の判断を十分にできない年少の者に強制すべきではない」との意見は、だれに向けられているのだろうか。おそらく、日の丸を掲げることも君が代を歌うことも素直に受け入れられない、私のような教員も含まれるのだろう。

が、私の場合、自分の主張が絶対とも考えていないし、子供たちに押し付ける気もない。ただ、疑問をありのまま告げ、批評を求めることはある。どんな子供も、自分なりに判断する能力を持っていると信じるからだ。

むしろ、強制をしようとしているのは、「日の丸の赤い色」の「喜び」を「本当の国民の感情」だと譲らない人たちではないのだろうか。

私は、個人的に国旗や国歌の存在やそれへの忠誠、尊敬の態度を大切だと考えている。ただ、なぜ「日の丸」と「君が代」なのか、それに固執する人たちの思いが理解しきれない。

「国旗・国歌については、もう少しゆとりを持って考えたい」との意見には、私も大賛成である。

神奈川新聞「自由の声」欄

「『米軍の勝手』では議論平行」

（四月二日　三十七歳）

行きつけの居酒屋で、近所に住んでいるらしい何人かの米軍人と同席することがある。日本人一般の人柄の良さを褒め、心から日本が好きだという者、あるいは「なぜ日本人は自分たちの国を守らないのか」と、酔いが回るにつれてグチをこぼし始める者もいる。

彼にしてみれば、日々危険を冒しつつ訓練をし、ときに戦争への不安や恐怖をかかえながら生活しているのに、周囲の日本人は金もうけや遊びの話にうつつをぬかしているとしか見えないのだろう。衣食住の物価が異常に高く、ビール一杯さえ気楽に飲めない。

三月十七日付「照明灯」で、米軍の硫黄島への全面移転拒否に対して、「何を勝手なことを」と述べていたが、「米軍側」の「勝手」というとらえ方では、議論が平行線のままで建設的な結果は生まれにくいだろう。「米軍側」と、どのように互いの生活権を守っていくかという視点も、本質的な問題解決には欠かせない。「家族と離れるのはいや」という心情を、同じ人間として受け止める大きな心、そして大局的な見通しを持つことが、まず大切ではないか。

神奈川新聞「自由の声・提言箱」欄

「言葉による潤滑油を」

（十二月八日　三十八歳）

電車やバスの中で、席を譲る譲らないの「日本的」(?・)な論議は、われわれの心の在り方、あるいは倫理、モラルなどの問題とともに、他人とのコミュニケーションの在り方の問題でもある。もっと日常的に、自然で流ちょう、なおかつ機能的な会話を、他人同士交わせる訓練を、学校などでもっとしてもいいいのではないか。

社会ルールというものへの共通認識（理解）が、たとえ一人ひとりにあったとしても、他人との触れ合い、交流という、言葉による一種の潤滑油がなければ、現実的に機能をし得ないといえる。つまり、最も必要としている人が、席に着くという目的を達成することはできない。

例えば、ルールは自分自身の利益だけでなく、他人の利益をも守ると考えられないだろうか。自分より困っている他人への援助が、同時に自分に対する援助をも保証すると考えるべきだろう。

また権利は、それを即刻行使する必要のない場合（自分が席にすわる必要のない時）には、権利というものを、時に自ら義務というものに置き換えて実行すべきもののように思われる。

自分より必要に迫られている他人の権利を認めることが、自分の義務でもあり、また同時に権利でもあるとは考えられないだろうか。

「すわりたいのは皆同じ」。だれが優先されるべきかの判断は難しいこともある。女性や年配の方が必ずしも席（援助）を必要とするとは限らない。唯一、立っていることが物理的にできない者に最優先権があることは、すべての者が認めるところだろうが、その事実を客観的に知るためには、信頼を前提としたコミュニケーションしかないだろう。「察する」ことには限界がある。

一般的にわれわれは、「せざるを得ないことだけ仕方なくする」という考え方を無意識に受け入れているように思われる。絶対的ルールやモラルの源が明確化されにくい日本の社会では、自分や身内を大切にするということが第一であって、他人への配慮はあくまで二次的か、あるいは自分とは全くかかわりのないことのようになってしまう。ボランティアの発想の根付きにくい理由の一つだろう。

●平成十六年（二〇〇四年）

東京新聞「発言」欄（九月二十三日　四十九歳）

「男女の『個性』生かす教育を」

東京都は「ジェンダーフリー」という言葉を使用しない方針を決め、この考えに基づく学校での男女混合名簿を禁止するとのことである。

女性差別の弊害への恐れから、いつでも男子から呼ばれるのではなく、男女に関係なく名前の順番に名簿をつくるのが今では普通になっているが、それをやめなさいというのだ。

男女の役割分担の行き過ぎは、男はこう、女はこうというように、それぞれの個性には関係なく、性別だけで生き方や考え方までを単純な男女別に色分けしていきかねない。

男女の違いをなくせというのではない。それぞれの個性を生かせる男らしさ、女らしさを身につけることが大切だと思うのだが、皆さんはどう思われますか。

東京新聞「反響」欄（十一月一日　四十九歳）

「ものしり一夜づけ」（十月二十六日・NHK）

「ものしり一夜づけ」のテーマは「おひとりさま」。何かと忙しい現代生活の中で、一人でいる時間を持つことの大切さを、脳波の状態など科学的な面からも証明してくれた。ちょっとした工夫で自分自身の時間を見つけだせば、心や生活が随分豊かになるものだと参考になった。

神奈川新聞「自由の声」欄　（十一月十三日　四十九歳）

「磨けコミュニケーション力」

最近の殺傷事件や詐欺事件などを見ると、ほかの要因もあろうが、日常的なコミュニケーション不足が大きな原因であるように思える。

人間の理性や道徳心は本来、一定の価値観や理想を持った文化・社会の中で自然に育つものだろう。考え方や理想を共有するには、家庭では家族、学校では職員、児童・生徒、保護者の三者、地域社会では成員それぞれの間で日常的なコミュニケーションがあることが最低限の前提となる。

親子や夫婦のトラブル、いじめ、不登校、体罰、あるいはコミュニティー意識の欠如、周囲への無関心などは、その根が通じているように思う。

利害優先の人間関係からは、差し障りのない会話しか生まれず、余計なことにかかわりたくないという自己中心的な態度が身につきがちだ。心のこもった意志疎通や他人への思いやりのある言葉の掛け合いなどが軽視された結果が、現在の社会問題を引き起こしているのではないか。

社会の健全さは見ず知らずの人と、どれだけ自然に心の和む世間話ができるかで計れるのではないだろうか。そういった社会を明るくする「コミュニケーション力」をどうしたら身につけることができるだろうか。

東京新聞「発言・ミラー」欄

（十一月十六日　四十九歳）

「表現豊かな日本語を再認識　文化理解し国際化に対応を」

テレビやラジオでは外国語講座が盛んだが、中でも外国人向けの日本語講座は、日本人が国語・日本語というものを、客観的にとらえるためのいい機会になっていると思う。

日本語学習や講座は世界的にもブームになっているが、いざ人に教えるとなると、日本語の表現の豊かさとともに、その複雑さや、あいまいさをわれわれ日本人でさえ再認識させられる。外国人の学習者も、漢字、ひらがな、カタカナ、洋数字、漢数字、それにさまざまな造語や外国語が錯綜する日本語に手を焼いているようだ。

もし異文化の理解がその国の言葉の理解によって高まるとするのなら、これからの国際化社会の中で、日本人や日本の文化について外国人に理解してもらうためには、現在の日本語のあり方や学び方、あるいは教え方を再考する必要があるのではないか。

日本語自体が持つ特性と、日本人の精神文化との両面から、まず日本人自身が客観的に日本語を見直すことの意義は大きいだろう。

「私」という一つの日本語が、年齢、地位、性別、あるいは、その場の状況によってさえ多様に変化するということを、どう受け止めるのか。
　つまり日本語の複雑さや、あいまいさを、日本語の豊かさや柔軟さの表われであるということも認識しながら、どう整理していくかということが、これからの日本語の発展のために大切なのではないだろうか。

朝日新聞「はがき通信」欄　（十二月三日　四十九歳）

「職人芸の運転術」

　十一月二十六日の「にんげんドキュメント」（ＮＨＫ）は、全国のトラック運転手が日頃から鍛えている運転技術と、安全知識などを競うコンテストを取材。各都道府県の予選を勝ち抜いただけあって、職人芸ともいえる醍醐味さえ味わえた。トラック運転手というと、マナーの悪さや大事故の加害者などという先入観を私は持ちがちだが、それはほんの一部。一般ドライバーの手本となるような名運転手がいることを知り、有意義だった。

神奈川新聞「自由の声」欄　（十二月十五日　四十九歳）

「社会的性差解消と言葉狩り」

　十一月十二日の社説「『反ジェンダーフリー』国の見解追随でよいのか」を読んだ。明確な理由がないまま教員向け指導資料から特定の用語を削除するのは、「言葉狩り」そのものだ。東京都が「ジェンダーフリー」の用語を使用しない方針を決め、学校での男女混合名簿を廃止したことと、今回の県教委の方針は無関係ではないだろう。
「用語を使用する人により、その意味や主張する内容がさまざまである」、あるいは「用語をめぐる誤解や混乱の状況を踏まえると、今後、地方公共団体ではあえてこの用語を使わないほうがよいのではないか」という内閣府の見解への「追随」であるとの社説の批判は、県内で大きな誤解や混乱がなかったと県教委が認める限り、当然のことだろう。「社会的・文化的性差をなくす」というジェンダーフリーの理念が受け入れ難くなったとでもいうのだろうか。

男女の役割分担が伝統的、情緒的に染み付いた日本で、男女のよりよい関係を求めるフェミニズム（女性の社会的・政治的・法律的・性的な自己決定権を主張し、男性支配的な文明と社会を批判し組み替えようとする思想・運動『広辞苑』）を定着させることには困難が伴うだろう。その意味で、一部の教育現場で誤解を生じるような事例が出たとしても、「過渡期」ならではの現象かもしれない。最低限度の男女の生理的特性を考慮しながら、男女どちらもが自由に役割を選び、個性を発揮できる「男女共同参画社会」の実現を目指すという共通理解の再確認が不可欠だ。

一方で、「ジェンダーフリー」という言葉の日本語への置き換えなどの工夫も視野に入れたい。十五年前、相模原市議会の市婦人問題懇談会が「『婦人』は、ある一定の年齢層に限られた印象を与えるため、可能な限り『女性』に置きかえる」と提言し、用語論争が起きたことがある。今では、「婦人会館」

が「女性会館」に変わって定着している。

性別で仕事や生き方を決め付けない、あるいは雇用上で男女差別がないようにとの配慮から、身近な言葉に関するさまざまな改善が進んでいる。スチュワーデスからフライト・アテンダントへの変化は典型的だ。日本語でも、保健師、助産師、看護師など、新しい時代に向けて言葉も進化している。一方で、依然として日本社会のあらゆる分野で、女性の進出が阻まれている面もある。

私たちが大きな視点から、客観的な情報を収集し、実現させていこうとするとき、新聞の持つ役割は大きい。より積極的な取材と主張を続けていただきたいと思う。

毎日新聞「みんなの広場」欄

（十二月二十五日　四十九歳）

「『見下された感じ』指摘もっとも」

九日付本欄「『認知症』当然　大きい言葉の力」を読んだ。「痴」と「呆」を辞書で調べてみると、どちらも「おろかなこと」が第一義として出ている。投稿者の「それまで歩んできた人生を見下されるような表現」との指摘はもっともだと思う。

「認知症」という表現には無理があるとの意見も多い。「症」は普通、何かの病状を表わす用語の後に、その「症状」が見られるという意味で続くのが一般的だからだ。

しかし、「症」には「病気」という意味も

あり、「認知にかかわる病」という解釈でいいのではないかと思う。
私個人としては、「不認知症」か、「虚認知症」あたりが適当ではないかと考えていたが、投稿のように、患者を介護する家族の愛情が、今回の変更を実現させたのだと納得した。

毎日新聞・夕刊「毎日の知恵・男の家事」欄（十二月二十八日　四十九歳）

「女性任せは差別」

食器洗いは、みるみるピカピカになる茶碗や皿を見るのが快感です。料理の盛り付けにも惜しみなく食器を使います。料理は疲れているとつらいと感じますが、掃除機掛け、ゴミ出し、買い物、洗濯などは単純作業なので、よほど気が向かない時以外は、言われれば嫌がらずにやっています。職場の人権教育研修で、「家事を女性任せにするのは差別である」という講師の言葉を聞きました。男の家事には、当初は多少、抵抗もありましたが、今は自然なことと受け入れています。バランスある人間形成を考えたら、夫や子供が家事をするのは当たり前。母親に独占させておいては、むしろ損だと考えます。

●平成十七年（二〇〇五年）

産経新聞「談話室」欄（一月十日　四十九歳）

「性犯罪者の前歴など公表を」

奈良の女児殺害事件の犯人が逮捕された。何より憤りを感じたのは、容疑者が平成元年に女児ら八人にいたずらをしたとして強制わいせつ容疑で逮捕されていること。何とその二年後には、五歳女児への殺人未遂容疑で逮捕されているという事実だ。「更生」「社会復帰」「矯正教育」「再犯防止」などの言葉が、むなしく頭の中を駆け巡った。

犯人のプライバシーの保護や社会復帰はもちろん重要だが、それらはあくまで最後の目標だ。被害者の尊厳が最優先されて当然ではないのか。

昨今、これだけ犯人の人権が保護される中、強制わいせつの再犯率は一昨年四一％だという。むしろ、被害者の生命、人権、プライバシーなどが危うい状況に置かれている現状では、性犯罪者の前歴、氏名や写真の公表はやむを得ないのではないか。

「地域社会の安全」か「犯人の人権」かを問うとき、被害者感情をどれだけ反映させられるかという視点こそ、最も重要ではないだろうか。

朝日新聞「声」欄（一月十四日　四十九歳）

「『振り込め』はわかりやすい」

「振り込め詐欺、名称に違和感」（七日）に一言。

私もこの表現にある種の違和感を感じていたが、鈴木氏のようにすべての表現を文法に当てはめて是非を論ずるには少し無理があるのではないかと思った。聞き慣れない表現に違和感を抱くのは当然だが、日常生活の中で必要に応じた便宜的表現が作り出されるのは言葉が生きものである以上、仕方がないのではないだろうか。

私は「振り込め」をある特定の文脈の中から取り出した「引用表現」と考え、「犯人が電話口で『振り込め』とかたる詐欺」というように解釈している。「オレオレ」もそうだが、たとえば、一種の間投詞や決まり文句のように解釈して、「『振り込め』詐欺」のように表記すれば妥当ではないかとも考える。

当初は「振り込み詐欺」というのも候補にあがったそうだが、あえて「振り込め」としたとの警察庁長官の談話もあった。わかりやすさが、文法より優先されたのではないだろうか。

東京新聞「ひろば」欄（一月十六日　四十九歳）

「性犯罪の再発対策は早急に」

奈良女児殺害事件に関する五日付特報面「本音のコラム」を読んだ。この事件については、容疑者の前歴で女児八人への強制わいせつ事件の際、執行猶予になっていることと、二年後の五歳女児絞殺未遂事件では、たった三年の実刑しか受けていないことに驚いた。

コラムの筆者・斎藤学氏が述べているように、小児性愛が精神障害であるために刑が軽いのだろうか。「自ら悩むことが少ない」この種の性癖の者が、ほぼ放置されている現状には大きな疑問を感じざるを得ない。一昨年の性犯罪被疑者の再犯率は四一％との発表もある。

筆者の医師らしい指摘にドギマギしつつ、まじめに検討されなければならないのではと思ったのは、「彼らの行為が睾丸から出るテストステロンの影響を受けていることは明らかだから犯罪者とされた者だけでも化学的、物理的な去勢をためらってはならないはず」との記述だった。いずれにしろ、何らかの対策が早急にとられるべきだろう。

東京新聞「反響」欄（一月二十二日　四十九歳）

「おしゃれカンケイ」

「おしゃれカンケイ」（十六日・日本テレビ）のサブタイトルは「楽天社長が〜一晩に一億の豪遊？」となっていた。だが番組を見ると、実際はそれよりだいぶ少ない額…。番組の見出しが信用できないことは経験から承知しているが、これはひどすぎると思う。

神奈川新聞「自由の声」欄

（二月十三日　四十九歳）

「飲酒運転　注意できる雰囲気を」

昨年の県内の交通事故死者数は過去最高となった。それにもかかわらず、飲酒運転による死亡事故件数は三十二件と、愛知、大阪、北海道に次ぎ、なんとワースト4に入るという。

道交法がたびたび改正され、飲酒運転の罰則が厳しくなっているにもかかわらず、「多少の酒なら大丈夫」「見つかりさえしなければ…」などの思いを、本人ばかりか家族や知人ら周囲も少なからず持っているのがまだまだ現実のようだ。

県警交通部では、この四月からの交通捜査課の新設に伴い、ドライバーの飲酒を見過ごした者に対しても飲酒運転の教唆、ほう助などで刑事上の責任を追及する方針だという。

未成年者の飲酒、喫煙なども含めて、周囲の者が「注意しない」ことの責任が問われる時代も遠くないということだろう。「悪いことは悪い」と言える雰囲気をどうやってつくるかがこれからの課題だろう。完璧《かんぺき》な人間などいないことを互いに認める寛容さを共有することを前提に、「自分のために注意してくれている」というくらいの謙虚さを持って他人の苦言を聞き入れられればいいのだが。時には互いに議論、批判し合える習慣も必要だろう。

東京新聞「発言・ミラー」欄

（二月二十五日　四十九歳）

「『うつ病』より『メランコリア』偏見を呼ぶ病名は改める必要」

例えば、「らい病」が「ハンセン病」に、「痴呆症」が「認知症」などに取って代わられたが、まだその病名が甚だしく差別的に、あるいは非常に屈辱的な暗いイメージなどを抱かせるように聞こえるものも多い。「うつ病」もその一例で、病名を告げられた患者が誰かに相談するのもはばかられるくらい、正しい理解がされる以前にうわさや偏見などによって勝手な解釈がされ、十分な治療を妨げかねない現状も、少なからずあるようだ。

「うつ」的な症状は、一般的に誰にでも発生する可能性はある。疲れたり元気がなくなる、あるいは落ち込むなどというようなことは珍しくない。しかし、この程度が進みすぎると自分の力だけでの回復は難しくなる。「真面目病」と言っても良いほど何事も中途半端にできない人がかかりやすいとも言われ、責任感の強さが治療を遅らせることもある。

ところで、「うつ病」を表わす英語に「メランコリア」というのがある。いわゆる「melancholy（憂鬱）」の派生語だ。外来語などカタカナ言葉の使用はなるべく避けたいとは思うが、こういう場合にこそ日本語の持つ柔軟性を生かして「うつ病」の代わりに「メランコリア」と呼んだらどうだろう。

「心療内科」が「精神科」に取って代わって久しいが、大事なのは呼称を変えるだけでなく、本人や周囲の思いのありかたの改善だろう。「隠さなければならない病」があることを、患者ではなく「社会の恥」ととらえ、誰もが安心して治療に専念できる環境づくりをしていかなければならないだろう。

また「障害者」の表現の改善には、より良い呼称の候補を広く求めることが必要だとも思う。私個人としては今のところ「身体未常者」、あるいは「身体未調者」を候補に挙げたいと思う。

神奈川新聞「自由の声」欄

（三月三日　四十九歳）

「経済的支援で少子化ストップ」

少子化対策として子供の数と老後の年金額とを連動させるという提案をめぐり、本欄で議論が交わされている。子育てにある程度の経済的援助は、現在の扶養手当や児童手当など以外にも必要ではないか。個々の事情もあるが、子供のいない独身者や共働き夫婦などの税率を状況に応じて引き上げるくらいは考えてもいいのではないか。

知人の中に子供がいないからと、ボランティアや寄付を積極的に行なっているカップルがいる。養子を取り、自分たちの子供として育てている夫婦もいる。自分らでできる社会貢献を考えてのことだ。私も独身時代、自分が余計に税金を払うことで少しでも社会のためになるのなら、それで構わないと思っていた。

いずれにしろ、よほどの工夫を凝らさなければ、結婚、出産を避ける今の風潮を変えるのは難しいと思う。そのくらい社会のゆがみが大きくなっているということだ。
子育て特有の経費を控除するなどの経済的支援や若い世代に子供と接する機会を与え、生命の大切さ子育ての楽しさをアピールする施策も大切だろう。一方で、将来の日本を見据え、適切な人口状況や望ましい社会のあり方の展望を描く努力も必要だろう。

朝日新聞「見ましたよ」欄
（三月二十二日　四十九歳）

「乙武洋匡《おつたけひろただ》の世界で一番楽しい学校」

印象的だったのは、乙武さんと触れあった子どもたちが、誰もが明るくオープンでいるように見えたこと。きっと、彼の生き方そのものが反映するのだろう。持って生まれたかのような明るさ。どんな不利や困難の中にいようが、前向きに挑む積極性をどうやって身につけたのか。彼に学ぶべきことは多い。

神奈川新聞「自由の声」欄
（四月四日　四十九歳）

「飲食店での喫煙は一切禁止」

久しぶりに、ファミリーレストランに入った。相変わらず、どんよりと紫煙が漂っていた。
健康増進法が施行されてから、どこがどう変わったのだろうか。少なくとも休日にゆっくり読書でもと、出掛けた先の飲食店からは、これといって大きな変化は感じられないというのが実情のようだ。

例えば、レストランの責任者にタバコの煙が気になってゆっくり飲食ができないというような抗議をした場合、事態はどうなるのだろうか。法律上は、店の責任者に客の健康に配慮する義務があるのだろうが、実際のところ、そのような状況に出くわしたことは今までない。

しかし、アルバイトの高校生などへの健康的影響も大きいだろう。どう考えても飲食の場には、たばこの煙はふさわしいとは言えないだろう。特定の疾病との因果関係も、より明確に表示されるようになるし、副流煙の有害性を知らぬ者は、もはやいないはずだ。

そろそろ、最低でも飲食店での喫煙は一切、禁止してはどうだろうか。分煙のためのコーナー分けも、ほとんど意味をなしていない現状を見るにつけ、強くそう思う。

産経新聞「談話室」欄（四月六日　四十九歳）

「『帰る場所』気にかかる昨今」

昨年、母方の祖母が亡くなるまでは、見向きもしなかったわが家の墓地。

昔、子供のころは親に連れられ毎年のように墓参りをしたものだが、中学、高校のころになるといろいろな理由をつけてはサボるようになった。感心がなかったというより、親類との人間関係にわずらわしさを感じたのかもしれない。あるいは、年ごろのせいで照れがあったのだろうか。

父方の祖母が亡くなったときは、ちょうど

大学受験にぶつかり、何を考えていたのか頑固に葬儀への参加を拒んだりしたものだ。

今となっては後悔しているが、それも遅い。葬式や墓参りは形ではなく、思いのありようこそが大切と、心の中で自分に言い聞かせてもいた。若げの至りなのか、変人だったせいなのか。とにもかくにも、ここに来て「帰る場所」が気にかかるようになったのは、それなりに年を取ったということなのだろう。

神奈川新聞「自由の声」欄

「読者引きつける投稿欄を期待」

（四月十七日　四十九歳）

新聞の投稿欄は、どの社に限らず多くの読者が目を通すといわれている。それなりの工夫が各紙に見られるが、神奈川新聞の「自由の声」は毎回スペースが固定されていて、それぞれの文章が読みやすいのが特徴だ。

他紙の場合、字数もまちまちで、読むためにあちこちへ目を飛ばさなくてはならないことが少なくない。その点「自由の声」欄では、各投書がまとまっていて大変、見やすくなっている。

これは一方で、多少の堅さや窮屈さを感じさせる場合もあるのだが、例えば、月曜日の場合、この欄は体裁を変えてあり、初めて目にしたときには、いつもと異なりカラー印刷であることもあって、心地よい驚きを感じさせられる。とても優しく、柔らかな印象を受ける。同じ投稿欄であるのにもかかわらず、日によって、硬軟合わせ持っているということなのだ。

初めは後者の、見出しを横書きにした体裁で統一すればよいとの感想を持ったのだが、やはりどちらか一方では飽きがきてしまう。結局、今のままの編集の仕方が一番いいのではということになる。

これからも、私たちの目を見開かせるようなアイディアを期待している。

神奈川新聞「自由の声」欄

（五月一日　四十九歳）

「理想の相手求めにくい世相」

四月二日の投稿「少子高齢化対策は国家的問題」（城山町、原野君美さん）を、少子化社会の実態を結婚相談員としての視点でとらえた情報として興味深く読ませていただいた。「結婚はあくまで本人次第」という現状での一般的な結婚観を受け入れつつも、「結婚を逸する原因」を分析されている。「通勤も乗用車、出勤してもたちまち自分の職場に直行」「帰宅も一人」「異性との接触の機会がない」など、言われて見ると、なるほどと思うことばかりだ。

私も、なぜ未婚、非婚、シングル化が進むのかと幾つか原因を考えてみたが、一時ヨーロッパなどを中心に「将来への悲観」から子供をつくることに消極的になった人々の思いにも一理あると思った。つまり、今のこの不安定で先の読めない時代に、いったい、子供の生をこの世にもたらすことが正しいことなのだろうかという純粋な疑問だ。

この不安はまた、働きながら子育てをする

困難さを身近に感じさせる労働環境や経済、教育のあり方への懐疑などに通じるものがあるのだろう。まじめに将来設計を考えるがゆえに慎重になってしまう人たちに、私は、「案ずるより産むがやすし」との発想への一考も勧めたいのだ。

また、それぞれのペースで人生を過ごすことが重視され、経済的自立は手にしたとしても社会にどう貢献するか、先祖からの種の継続をいかに考え、果たすかなどへの思いが及びにくい状況があるように思うのだ。例えば、精神的成人化がなされないまま、自立が不完全な者同士が結婚したとしても、いずれ無理が生じてくる場合もある。無論、周囲の助けによって一人前になっていくカップルも少なくないのだが。

そしてもう一つの問題点は、現在のさまざまな価値観が混在する中で、男女のあり方の理想が求めにくいということだ。それは、魅力的な男女の数を減らすという結果も招いているのではないか。

例えば、積極的で同時に思いやりや気遣いのある男性、行動力はあるが礼儀正しく品のある女性など。どの要素が男女どちらにあっても良いのだが、要はバランスの取れた人間性を持った人間像というのが具体化しにくい時代になっているのではないかということだ。

互いに自己成長を求めることが、結果的に理想的なカップルや家庭を生むのだろう。また、男女の基本的違いをどうとらえ、どう補い合い克服するかなどを一方で考えながら、後は人間の生まれ持った自然な本能を受け入れつつ、子供を大切にし、少しでも理想的社会を築こうとする理性をうまく働かせていく努力ができさえすれば、と思うのだが…。

東京新聞「反響」欄（五月九日　四十九歳）

「みのもんたの辛口コメントに同感」

「みのもんた朝ズバッ！」（三日・ＴＢＳテレビ）。

最近の〝萌え〟ブームに関して、司会のみのもんたさんが辛口のコメントをしていた。私も個人の趣味嗜好をとやかく言うのはやぼだと知りつつ、みのさんが指摘するように、性犯罪などの少なくともきっかけの一つになっているのではと思う。流行などを批判するのは難しい面もあると思うが、言うべきことは言う姿勢に好感が持てる。

神奈川新聞「自由の声」欄（五月十一日　四十九歳）

「花粉症の『元を断つ』対策を」

「元を断たなきゃダメ」というが、花粉症に関して言えばまさに真実で、花粉を減らすことが最も有効な対策となる。

私は、子供のころから症状が出て、花粉症という表現が一般的でなかったころ、症状のあまりのひどさに親が隣家の杉の木を伐採してもらったところ、症状が改善した。

例えば、学校のグラウンドの砂ぼこりが近隣に迷惑をかければ当然、苦情もくるし、水をまくなどの対応も迫られるだろう。同様に、杉林などの所有・管理は、花粉が周囲に飛散しないように工夫をするのが当然だ。

特に安い輸入材が入るようになったからと手入れを怠り放置するなど、花粉症との因果関係がはっきりし、これだけ甚大な被害を社会に与えている以上、許されることではないだろう。

経営上、経済的な問題があるなら、国は積極的に財政的援助を検討し、すぐにでも「元を断つ」対策を講じるべきだ。

花粉の飛散情報やマスクなどによる対処、また体質改善や食事療法、医薬品などによる症状の改善努力、あるいは杉の品種改良、排ガスなど環境改善も大切だが、被害者たちの一番の願いは、少しでも花粉の飛ぶ量が減ることなのだ。毎年のことだが、もう限界だ。

神奈川新聞「自由の声」欄　（六月一日　四十九歳）

「勤務中はたばこも我慢すべき」

昨今のファッション感覚の未成年や我慢のできない大人たちによる公共の場での傍若無人な喫煙行為は、喫煙に対する一見、寛容だがあいまいな日本社会の態度の象徴として長らく日常化してきている。

愛煙家の行為で問題視されるのは、喫煙が屋内や人の密集する場所で行なわれる場合だ。隣で「たき火」をされることに、喫煙者はもっと想像力を働かせるべきだ。

嫌煙権主張の動きの発端は、主に喫煙者のマナーに問題があった。所構わず吸っては捨てる無神経さに非喫煙者が業を煮やし、権利主張を始めた。が、権利主張＝エゴイズムであると愛煙家の感情を逆なでし、人権侵害との反論により論争の焦点がぼけてしまいがちだった。

かつて喫煙は男性的権威の象徴であり、一家の主である父親の喫煙行為を子供はあこがれの目で見、有害性が一般に認知されていなかったこともあり、たとえ家族が副流煙を不快に感じようが、せき込むことがあろうが、一家の主に文句を言うことなど考えもしなかった。

現在の男性中心的風潮や集団主義的な和を重視する習慣のまだ残る中では、例えば、上司や同僚などに本音で喫煙について意見を述べることは難しい。その意味で組織においては喫煙行為がいわゆるパワー・ハラスメント、家庭においてはドメスティック・バイオレンス化している場合があると言っても過言ではない。

一方で、喫煙者、非喫煙者による互いの権利主張や論争を尻目に青少年や若い女性たちは、むしろ喫煙に対する安易な態度を身に付けてしまってきている。中学・高校生や女性の喫煙率が、世界の風潮に逆行して増加している事実がある。

女性の喫煙率の増加は、男女同権の進む中、その浅薄な男性化を女性が求めた結果、生じた副産物と言える。

テレビなどによる有名人やアイドルの喫煙行為の悪影響も大きい。未知の世界へのあこがれ、大人への背伸び、あるいは自虐的に健康を害し周囲の注意を引こうとしているかに見える子供たちもいる中で、大人の都合による口先の注意に説得力はない。

本来のたばこの嗜好品としての役割が、現代では、落ち着きも優雅さもない低次元のストレス解消手段に成り下がってしまっている。

そして、最も注目されるべきは、たばこの持つ依存性である。

勤務中に酒を飲むのを我慢しなければならないように、たばこも我慢するべきだ。仕事帰りに立ち寄れる喫煙バーや喫茶店ならぬ喫煙店などができれば、多少でも現状改善になるかもしれない。

朝日新聞「言いたい」欄

（六月四日　四十九歳）

「ラッシュ時の混雑緩和対策を」

「女性専用車両」なんて、言葉も発想も時代錯誤だし、そういうことをしなければいけないのは恥ずかしいことだと思うが、今の日本にそれだけ多くの無法者がいるということなのだろう。

でも、「女性専用車両」より、ラッシュ時の混雑緩和策を本気で考えた方がいいのでは。フレックスタイムや早めの出勤。特に学校の開始時間をもう少し前後に調整するなど工夫の余地はいくらでもある。通勤電車に、エレベーターなみの定員制限を導入するのもいいと思う。

東京新聞「反響」欄　（六月五日　四十九歳）

「スーパーテレビ『実録・ホストの花道〜』」（五月三十日・日本テレビ）

最近、ホストクラブ関係の番組が多いようだ。多くの若者が安易にこの業界に足を踏み入れているが、一般的に固定給などないに等しく、酒による弊害や金銭感覚のまひなど、まさに命を削る仕事ともいえる。この番組で紹介されたように、仕事にまじめに取り組む姿は評価するが、放送による負の影響の方がやはり気にかかる。

読売新聞「気流・日曜の広場・衣替え」欄　（六月五日　四十九歳）

「シャツで別人に」

高校時代、ウキウキしつつも、少し緊張するのが衣替えの時期だった。早く半袖の真っ白なシャツが着たいと気がせいたものだった。

当時は、襟にボタンのついたボタンダウンのシャツが学校ではやり始めていた。それを着ていると、だいぶカッコつけているように見られた。鏡の中の自分がシャツ一枚の違いで別人のように思えて、なぜかワクワクしたのを覚えている。男子校に通っていたこともあり、登下校の駅のホームや、近所の女子高生たちも使う通学路がもっぱら、自己アピールの場だった。
夏が去り、不快な残暑もやり過ごすと、今度はまたクリーニングしたての学生服に手を通したくなる季節が巡ってくるのだった。

東京新聞「発言・ミラー」欄

「お金をかけずに贈り物『賢い消費者』になろう」

（六月十日　四十九歳）

「父の日」に対する思いは人それぞれだろう。日本的なのが、ネクタイなどに限らず贈り物にお金をかけて渡すという慣習だ。例えば、「バレンタインデー」は日本でも伝統化し、また最近では「恵方巻《えほうまき》」という新しい企業戦略に消費者が乗せられて話題になった。

流行とかブームに日本人は乗りやすい。言い換えれば、周りの雰囲気に合わせる、右へならえすることに無意識に慣らされてしまっているということだ。クリスマスや結婚式など全部が全部とは言わないが、「中身のない儀式」としか思えないものがある。もちろん、個々人の趣味や意思の問題なのだが、祝い事や年中行事など、もっと別のやり方があるのではないかと思うこともある。
誕生日などでも既製の品を贈ることが一般的だが、お金をかけない何か別の方法を考えることも大切なのではないだろうか。日本の経済発展のためとの発想からすれば、企業の思うままに消費をすればいいのだろうが、そこから失いかねないものもある。
大きな問題の一つは、日本で何かが流行することで影響を受ける海外の人々の存在だ。

特に、発展途上の国々に大変な迷惑をかけることがしばしばある。かつてのナタデココのブームでもそうだったが、日本人の気まぐれによって人生をふりまわされた人々もいたことを忘れてはならない。

お金にものを言わせてしたいことをするばかりでなく、より「賢い消費者」になることが、これからの時代には大切な課題になると思う。自国の文化を守ったり、世界の人々とともに豊かな生活（物質面だけでなく）を求めていくためにも、物事の奥にある事象に目を向けることの大切さを感じるのだ。

朝日新聞「声」欄（六月十日　四十九歳）

「勝ち組の陰で消えゆく商店」

「経済気象台」（一日夕刊）の「ほどほど成長論」に共感するとともに、考えさせられた。私も、近所の個人経営のすし屋、八百屋、焼き肉屋などが閉店していくのを目にして、寂しいというより、いったいこのままで良いのだろうか、と不安を感じている。

大手のチェーン店は、業績が悪化すれば、あっと言う間に地域社会から立ち去っていく。企業はそれぞれの理念に基づいて活動しているのだろうが、どのような価値基準で判断しているのかが気にかかる。

人にはそれぞれの個性がある。それを生かしつつ生計を立てられるのは一つの理想だ。

その意味でも、子どもの就きたい職業に、「何々屋さん」が出ているのは自然なことだろう。

世の中のすべての店が、経営能力に優れた者による「スーパー優良店」ばかりになってしまうのは、良いことなのだろうか。

小さな店が消えていくことや、身近な自然が少なくなっていくことが、弱者を切り捨てるという判断と、どこか通じているように思えてならない。

朝日新聞「困ったときの掲示板・昼休み延長して残業」欄（六月二十二日　四十九歳）

「大目」

同僚が残業代目当てではなく、昼食の時間を十分にとることを目的としているなら、大目に見てあげてください。日本では食事の時間が短かすぎるので、ある程度、思い切った行動に出ないと、生活の質を守るのは難しいのです。

東京新聞「反響」欄（六月二十六日　四十九歳）

「登龍門」（二十日・フジテレビ）

「お笑い登龍門」で妊婦をネタにしていた。ブラックユーモアというのかもしれないが、妊婦や出産がこうした笑いの対象になる社会に、ユーモアも寛容さもあるとは思えない。お笑いブームが、退廃的ムードを生じさせるようでは困る。

神奈川新聞「自由の声」欄

（七月六日　四十九歳）

「新たな日本語の改革が必要」

子供たちの国語力の低下が論じられているが、私は、この原因の一つに日本語の特性が反映しているように思えてならない。

例えば、ハングルやアルファベットなどによる表記は、日本語の複雑さと比較して明らかにより合理的だ。

日本語の場合、平仮名に加え、片仮名、漢字、洋数字、漢数字などの文字表現が日常的に使われている。

ＩＴ（情報技術）化時代に世界共通語である英語の重要性が言われるが、裏を返せば日本語に複雑さ、非能率性など問題があるということだろう。

これだけ世界中で日本語が学習されるようになってさえ、その普及率が伸び悩むのは、日本の子供たちにとってさえ手に余る学習難度に原因はないか。

日本の子供たちの「記述」や「読解」に関する問題は、日本語の在り方そのものに起因する。

かつて議論された日本語の「簡略化」を含め、先人が試みた「平仮名化」や「ローマ字化」なども参考に、新たな日本語改革の必要性を感じる。

常用漢字の選定などについても、現代の子供たちが身に付けやすいものを優先するなど、発想の転換が必要だと思う。

神奈川新聞「自由の声」欄

「血縁超えた家族の広がりを」

（七月二十三日　四十九歳）

ペットブームの昨今。

ペットは、一人暮らしの人や病気を持つ人たちへの精神的癒し効果もある。

さまざまな点から、動物を飼うことの意義を考えることができるだろう。

それは、多くの家庭でペットを家族の一員として迎え入れていることからも分かる。

衣食住を共にし、誕生日、葬式、墓地に至るまで家族同然に扱われている動物さえもいる。

彼らに対して抱くある種の愛情が、飼い主にそこまでさせるのだろう。

ペットに関して言えば、家族とは言え、血縁関係などあろうはずもない。

しかし、人によっては本当の家族以上に慕う対象になり得ることもあるのだ。

ところで欧米を始め、日本でも、両親が離婚して家族がバラバラになるという状況が珍しくなくなってきている。

いや応なしに新しい家族の中に入らざるを得ない子供たちも多い。

血縁関係を超えた家族の在り方が問われているとも考えられる。

欧米では離婚後、元の父親や母親、あるいは、きょうだいたちと会う機会が比較的多いようだ。

元の家族との関係が過去のものになってしまうのではなく、新しい家族が増えていくという感じなのだろうか。

家族というのは、意外にもろい存在でもある。交通事故や、さまざまな事故・事件などで親を失う子供たちも少なくない。

彼らの多くは、親類縁者の所や施設などで生活を始めるのだろうが、中には里子や養子として新しい家族に受け入れられるケースもある。

いろいろな問題から、簡単には適応できないこともあるだろう。

が、やはり、家族としてより良い関係の在り方を求めていくことが、それぞれの人生が幸せであるためには必要だろう。

考えてみれば、血縁のある家族ももちろん大切だ。

が、もしわれわれが日本や世界の人々の幸せや平和を本当に願おうとするのなら、次のようなことが必要だと思う。

つまり、ペットから近隣の人々、知人や友達は言うまでもなく、ありとあらゆる生き物や異国の人々とさえ、より良く共存していくための手だてを考えていかなければならない、ということだ。

これは、まるで夢のような話かもしれない。

だが、血縁のある者同士はもちろん、血縁を超えた家族というものが本当に大きな理想的ビジョンを持って広がっていくことができるのならば、誰もが互いに大事に思い合える社会の実現も、案外それほど難しいことではないようにも思えてくるのだ。

東京新聞「発言・ミラー」欄

「子どもの『国語力の低下』は『大人言葉』使う会話で改善」

（八月二日　五十歳）

このほど発表された文化庁の国語に関する世論調査の結果にもあるように、いわゆる「国語力の低下」を憂える声や検証の機会が増えている。私は、少なくとも母国語習得は学校の学習でのみ達成されるわけではないと思う。外国語学習でも同様だが、日本人は一般的にコミュニケーション能力に乏しいといわれる。

例えば、日常的な生活の中で、意識的に合理的な会話や議論を目指そうとする発想が少ないからだろう。あらゆる場面が国語力を養う「教室」であり得るし、友人などと会話する過程でも、適切な表現力などが身についていくのだという視点は大切だ。

その意味で、私は幼児や子どもに対しての極端な言葉上の迎合は、彼らの将来の国語力に大きな悪影響を与えるのではないかと心配している。なるべく正しい日本語、つまり大人の言葉で会話をすることが、子どもたちの日本語能力を高めるのではないかと思うのだ。

ところが、私たちは、子どもの「大人言葉」を生意気ととらえがちだが、その辺りに日本語全体のレベルの低下の原因の一つがあるように思えてならない。

一方、日本語の日常使用上で難しいのは、例えば、「全然…」という表現などのように、時間の経過による解釈や用法の変化によって生ずる「文法か慣習か」というせめぎ合いをどう解決するかということだと思う。

日ごろから辞書を引く習慣を身につけることも大切だろう。さまざまな電子辞書が手軽に手に入る昨今、その学習上の使用の是非の議論もあるだろうが、速く、しかも場所を選ばず使えるという意味でも、もっと普及し、より廉価で購入できるようになればと個人的には考えている。

朝日新聞「声」欄（十一月七日　五十歳）

「超ミニ高校生　今でも違和感」

いわゆる「ルーズソックス」の流行以後、高校生のファッションに関する極端な異変がないことに安堵している。

それでも相変わらずの女子の「超」ミニスカートには、今でも違和感を覚えて仕方がない。どう見てもセンスが良いとは言い難い。ジェネレーションギャップなどの問題ではない。

例えば、若さゆえの自然な「ダサさ（素朴さ）」ならまだ許せるが、意識的に自己表現の一つとしてやっているように見える。それも個性のない横並びだ。いっそのこと、制服など無くしてしまった方がずっと良いと思う。

現に私服の高校では皆、自分なりの自然な服装で、時に行事に合わせて、ちょっとしたおしゃれを楽しんでいるようだ。また一方では、決められた制服を生徒たちがきちっと着こなしている学校もある。どちらかにしたらどうだろう。

とにかく、制服のミニスカートに関しては、親や教師だけでなく、ぜひファッション関係の専門家からも積極的なアドバイスをいただきたい。
私服が無理なら、少なくとも女子生徒には、キュロットやスラックスの着用を認めることも必要だろう。

東京新聞「反響」欄（十一月十四日　五十歳）

「アドレナ」（八日・テレビ朝日）

お笑い系の悪のり、いじめを含め、危険な要素が満載のおふざけ番組としか思えなかった。特に、人を乗せた人力車で出演者の足をひくシーンには憤りさえ感じた。深夜番組なら何をしてもいいのか。

朝日新聞「はがき通信」欄（十一月二十三日　五十歳）

「理想の教育とは」

「学問の秋スペシャルたけしの日本教育白書」（十二日、フジテレビ）を見た。「頭がいい」とはどういうことかをキーワードに、世界の教育現場などをリポートし、学力、知能指数などを検証していく過程に関心が持てた。「飛び級制度」については、九歳や十四歳で大学で学ぶ子どもの例が紹介された。科学など優れた一つの能力や分野を伸ばすのもいいが、同時に、バランスの取れた教育の重要性も考えさせられた。

●平成十八年（二〇〇六年）

神奈川新聞「自由の声」欄

「助言が必要な受験の季節」

（三月三日　五十歳）

今年も受験の季節がやって来たが、私のように思うように進路が決まらなかった者にとっては、何年たっても、この時期は好きになれない。私の場合、学校側の手違いで志望校に入ることができなかった。その後、あらゆることに自信が持てず、疑心暗鬼な態度で臨むというような生活が続いてしまった。

そんな心の状態のままで今の仕事に就いてよいのだろうかという迷いも一時あったし、ありのままの思いを語って人に批判されたこともあった。人にもよるだろうが、十代というのは、分かっているようで自分や自分が置かれている状況のことを、大人になってから後悔しないように行動できるほど十分、理解できているとは言い難い。

やはり周囲の大人たちの助けやアドバイスが不可欠だ。家族、教師、親類や近所の人、あるいは相談機関などが持つ役割は重大だろう。今年も入試の結果の風景が見られることになるだろうが、どのような結果を得ようとも、できる限り適切な助言を与えてくれる大人たちに恵まれることを祈らずにはいられない。

東京新聞「ひろば」欄

（三月二十六日　五十歳）

「『良心的質屋』金融業に望む」

十五日付特報面「本音のコラム」斎藤学さんの「消費者金融」に全く同感だ。銀行の利子が〇・〇〇一％の時代に、一〇％あるいは二〇％以上の利息を取るなんて私には信じられない。また、この消費者金融のテレビコマーシャルが連日流れるのは納得がいかない。

返済に困り、多くの自殺者を出しているのが現状だ。危険な状態にある負債者に、国またはまともな金融業者が救済のための融資はできないものか。生活を立ち直らせるための対応策があってもいいのではないか。それこそが本来あるべき金融業の存在意義のひとつだろう。

企業がもうけなければならないのは理解できるが、金融業が果たして大もうけすることを目的にすべきだろうか。かつての良心的な質屋のような、庶民レベルで社会貢献のできるようなシステムを、この業界に望むのは無理だろうか。

神奈川新聞「自由の声」欄

（三月二十八日　五十歳）

「モーツァルトにひかれる」

今年、モーツァルト生誕二百五十年を迎えたが、数ある名曲の中でも私が特に好きなのは、交響曲四十番。誰でも聞き覚えのある第一楽章の旋律は、さまざまな編曲でＢＧＭなどとしても使われてきている。中学時代の部活動にオーケストラがあり、当時、流行していたグループサウンズにあこがれていた私は、とにかく何か楽器がやりたくて迷わず入部した。

テレビやラジオで流行している曲を演奏したかったのだが、弦楽器の優雅な響きに魅了され、たちまちクラッシックファンに。自分たちでもいろいろな曲を演奏したが、内外の有名指揮者やオーケストラのコンサートに通い、「四十番」の演奏家による「違い」を見つけては悦に入っていた。

一方で、東京の吹奏楽団に入り、音楽だけでなく勉強や人間関係などでも大きな影響を受けた。結局高校を卒業するまで演奏や鑑賞に没頭した。モーツァルトばかり聴いていたわけではないが、ピアノ曲や歌曲、オペラなどの音楽的魅力と同時に映画などにも見られるモーツァルトの人間的な持ち味にもひかれた。

日本教育新聞「オピニオン・私の提言」欄

（四月二十四日　五十歳）

「本物の英語に触れる環境を」

平成十四年七月十二日に、文部科学省から『「英語が使える日本人」の育成のための戦略構想―英語力・国語力増進プラン」が発表された。

現在まで日本で行なわれてきた中・高・大での一般的な英語教育は、試験対策や資格取得中心であった。ほかに目的がないから、受験や肩書が目標にならざるを得ない。「実英語力」。すなわち、「コミュニケーション能力」を養う機会がなかった。否、学校が与えてこなかった。

最近では、コンビニなどでアルバイトをしている生徒たちは、多くの外国人客と接することで英語など語学学習の動機付けが可能になってきている。英語でコミュニケーションする必要がある状況があれば、自然にその能力を身に付けていく。要は学校にコミュニケーション環境をつくればいいわけで、学校の一部に実地訓練の機能を与え本物の英語（英語を母国語・公用語として使う、あるいはビジネスや日常生活で使用している人々）に触れることが最も効果的であろう。

教科書も日本人用のものを作成するのでなく、実社会で読まれている材料（パンフレット、童話、雑誌、新聞など）をなるべく使うべきだ。そして学校に行けば、少なくとも授業時、あるいは職員室に行く時に英語を使わなければならない状況が与えられる。それが、学校であるべきだろう。

日本の特に公教育の場での英語教育は、要するに中途半端であり続けてきたということだ。例えばＩＣＵ（国際基督教大学）や国際教養大学などで、授業がすべて英語で行なわれる教育環境が効果的であることは否定できない。生徒の能力というより、自然にどれだけ必要十分な学習言語と触れられるかが問題なのだ。その意味で英語を重点的に行なう「スーパー・イングリッシュ・ランゲージ・ハイスクール」の研究開発が各地でされているが、中でも英語で一般教養を指導する「イマージョン・プログラム」は注目される。

基本的に語学学習は、各自の努力によるの

だが、学校がなすべき義務・責任がいったいどれだけ果たされているのか。真に変革を望むなら、例えば、少なくとも小・中・高の英語教員の半数はネーティブ（英語が母国語の人々）であるべきだろう。また、英語教育関係の印刷・出版物に、日本語のものが多すぎることも気になる。

なにより、現在の多くの学習者が、より効果的な教師・教材・環境がどういうものかが容易に想像できるほど、「英語教育評論家」になっていることを英語教育関係者は認識しなければならない。

一方で、われわれの日本語でのコミュニケーションの在り方にも再考が必要だ。「戦略構想」に「国語力増進」が付加されていたのも、積極的な意思疎通、正確な情報交換の姿勢を身に付け、日本人の「社交性の未熟さ」を克服することが不可欠だからだろう。

ここから日本語自体が、現在、抱えている問題点に対する関心を高め、不完全な外国語教育（質・量の不十分さ）からの弊害（カタカナ言葉、造語、不正確なアクセントなどによる日本語への悪影響）を防ぐことも可能になるだろう。政策の不備から劣等感を持ったり、開き直ったかのように見える現状維持派の語学教師を見聞きするにつけ、例えば、英語教員が強い不満をもっと社会に示していいのではと思うことがある。私は、英語学習者また英語教師として、以前から日本の学校の英語教育に疑問と被害者意識を持ち続けている。なぜ、学校はもっと英語をちゃんと教えてくれなかったのかと。

教授法に関する議論は、とっくに出尽くしているのではないか。受検科目から英語を外し、学校での英語学習をリラックスさせるという案も刺激的だ。あるいは、英語の授業を民間英語学校に委託するという発想も現実味を帯びてきている。

英語に関するさまざまな知識の切り売りも役には立つ。だが言葉の学習は、「本物」（実社会で通用するもの）に触れなければ効果も意義も薄くなる。

今、本当に学校が果たすべき役割の追求が不可欠だ。理想・理論的目標設定を、いかに充実させ実行させるかが最大の課題だろう。「戦略」の名を泣かせてはならないと思う。

神奈川新聞「自由の声」欄

（六月七日　五十歳）

「説教より『対話』で禁煙を」

難しい禁煙であるが、喫煙者自身による努力や、周囲の者による注意や助言だけでは効果は出にくいようだ。四月十二日付本欄で「若年者の喫煙は体に負担」という意見が掲載されていたが、「未成年だから、違法だから」などという大人からの一方的な説教より、はるかに説得力がある。

喫煙の弊害を愛煙家に実感してもらうには、身近な人による、まじめな注意が最も効果的なように思われるのだ。このところの禁煙議論は吸う側の自由と副流煙を吸わされる側の防衛権とのせめぎ合いが目立ち、より冷静で客観的な本音の出し合いが必要になってきているように思われる。
たばこ業界からの意見が少ないのも問題だが、医師など専門家からの情報をにらみながら、特に公共の場における子供へのやけどやぜんそくの誘引や悪化に対する対策を優先させるべきだろう。
また、中・高生の間での喫煙習慣のまん延・常習化を防がなければならない。そのためにも、学校、家庭、地域、関連機関、そして喫煙している当人たちとの対話、協力が必要だ。

東京新聞「反響」欄（六月十三日　五十歳）

「志村けんのだいじょうぶだぁⅡ」

（7日・フジテレビ）

メーンの大物コメディアンがたばこを吸い過ぎるので、憤りを感じた。人気者が中高生に与える影響を考えてほしい。教育現場において、喫煙の有害性を理解している生徒は少数なのが現状だ。

東京新聞「発言・ミラー」欄

（六月二十四日　五十歳）

「ひらがなだけの絵本は　子どもの国語力伸ばす」

たまに子どもの絵本を見ることがある。全部がひらがなで表記されているので「絵本」とあなどると、とんだ読み間違いをすることさえある。日本語の難しさというのか、羅列される五十音は、その区切りを理解しないとまったく意味不明になるか、大きな意味の取り違いを招くこともある。

漢字やカタカナは、その区切りを分かりやすくする働きもあり、やはり日本語には欠かせない要素だ。

外国人の日本語学習者にとって難関の一つが、このひらがな、カタカナ、漢字、あるいは漢数字の区別をすることだと聞いたことがある。確かに、ひらがなの「え」、漢字の「之」、カタカナの「ハ」、漢数字の「八」など、その微妙な違いをマスターするのに要する時間は非常に多いだろうと、同情の念さえ持ってしまう。

絵本を見ていて感じたことに、句読点の使い方や、また、これは日本語としてどういう説明がされるのか定かではないのだが、スペースを空けて「区切り」を明確にするなどの工夫がされていることに気がつく。

少なくとも、言葉の最小単位を表わす単語が読めさえすれば、漢字で書かれていなくとも、前後関係から語句の意味を推測することもある程度は可能になる。

最近の日本人の国語力の低下に、この推測

力や想像力の訓練不足も無関係ではないのではないだろうか。あまり読書が好きでなかったり、国語が不得手だという児童・生徒たちに、全部ひらがなで表記された文章（難易やジャンルを問わず）を読ませるのも、言葉への興味の喚起の一つの手段ではないか。

私がそうであったように、大人がやってみても思わぬ発見をしたり、日本語の特徴を再認識したりという機会にもなるように思うのだが。

日本教育新聞「読者の広場・家庭訪問は必要か」欄（六月二十六日　五十歳）

「むしろ親を積極的に学校へ」

基本的に学校においての生徒の学習などに関しての評価は、あくまで学校での活動内容や結果に対して行なわれるのであって、保護者や家庭環境などの要素は二次的、あるいはほとんど無関係というような意見もあると思う。

校種にもよるだろうが、昨今では個人情報保護との兼ね合いもあり、今後はごく限られた範囲でのみ必要に応じて実施されるようになるのではないだろうか。一組織の誰かが知り得た情報が、組織内、あるいは外部に広がることを防ぐ手だてに完璧なものがない限り、家庭に関する情報も精選されることになるだろう。

むしろ保護者が、より積極的に学校へ足を運び、児童・生徒への全般的な情報交換を盛んにするような方向に進むべきなのかもしれない。

東京新聞「反響」欄（七月六日　五十歳）

「にんげんドキュメント」（六月三十日・NHK）

二十四時間営業の学童クラブなどがあること自体、社会の恥と思うべきだ。もちろん、クラブを設立した片野清美さんの果たした役割は大きい。より良い環境づくりに多くの人々がかかわらなければならないと感じた。

日本教育新聞「教室にクーラーは必要か」欄（七月二十四日　五十歳）

「予算の出し惜しみでは」

児童・生徒にとってぜいたくか否か、あるいはどちらが、より教育的（彼らのためになる）かというのが、この種の議論の中で、本質的な問いとしてあるのだろうと思う。

私は現在の日本の学校の、少なくとも物理的（経済的）な側面に不満を抱いている者の一人だ。例えば、教室自体の広さ、いす・机のサイズだが、現状では子どもたちに十分とは言えないとの意見は、決して少なくないと思う。

また、毎日摂《と》ることが前提の給食や弁当を食べる場所、つまり食堂がないことが問題にされないということが、日本人の学校観の大きな欠点だと考えている。食堂があることに、もし何らかの不合理が生じないとすれば、明らかに教育に対する投資意欲の欠如の表われとしか思えない。

その意味で、教室のクーラー設置についても、教育環境の向上のための予算の出し惜しみにすぎないのではないか。反論として予想のできる健康上の問題も、むしろ湿度や温度に関する徹底的な研究を前提に、中途半端でない装置を目指すべきだと思う。能率的な学習と、児童・生徒の健康管理上の課題をも考え合わせれば、教室にクーラーは必要だと思う。

東京新聞・夕刊「メディアウォッチ・読者発」欄（八月二十六日　五十一歳）

「やはり〝中身〟が重要」

八月十九日付「異彩面談」に登場した土屋美和子レタスクラブ編集長によれば、「創刊600号記念特大号」は約六十万部を完売したそう。やはり、売れるものは売れるのである。低価格設定もあったようだが、やはり〝中身〟が問題だと思う。ほしい情報には投資を惜しまないのが現代の読者である。

東京新聞「反響」欄（九月十八日　五十一歳）

「後光射す脳神経外科医の上山さん」

「プロフェッショナル」（十四日・ＮＨＫ）。

脳動脈瘤などの手術を行なう脳神経外科医・上山博康さんの活躍ぶりをリポート。その姿は本当に後光が見えてきそうで、尊敬すべき真のプロといえるだろう。一方、年間三百件も手術を手掛ける彼の健康を案じざるを得ない。後継者育成のきっかけとしても、このような番組の重要性を感じた。

共済フォーラムSEPTEMBER二〇〇六
「共済SQUARE」欄（九月　五十一歳）

「私の『おふくろの味』」

「おふくろの味」といえば普通「和食」を思い浮かべるが、今のように国際化した時代では日本の社会の中でさえ、それこそ世界中の「おふくろの味」があるのだろう。そう考えてみるだけでワクワクしてくる。

私の場合、それほど自慢できるような「味」はないのだが、敢えてあげれば「カレーライス」だろうか。とにかく兄弟ともにカレーが大好きで、事あるごとにカレーをリクエストする機会を狙っていたような記憶がある。休日や何かの記念日、あるいは母親から「何にする？」と聞かれたときは必ずといっていいほどの定番メニューだった。最近でも実家に行くと、子どもといっしょにねだることもある。日頃のわが家の主なメニューであるのはもちろんのこと、外出先でいつもと違う「味」を試みる冒険を楽しむこともある。いろいろと好みの食べ物はあるのだが、いざ何にするとなると、ついついカレーが頭に浮かぶ。

「おふくろの味」とは、出来立ての料理そのものもそうだが、むしろ台所に立つ母親の姿、まな板の音、一つひとつの材料の刻まれるときの匂いや、だんだん立ち込める「完成品」の香りや、食べる準備に入った五感の高まりなど、それらすべてを総合した「雰囲気」のことをいうのだろうと思うのだ。

東京新聞「反響」欄（十月六日　五十一歳）

「喰いタンスペシャル」（三十日・日本テレビ）

飽食時代の申し子とでも言うのだろうか。この手のグルメをネタにした番組は好きになれない。今回も、香港を舞台とした食材や料理の多彩さには興味を引かれたものの、どうしても違和感を持ってしまう。別にストイックな主義主張をするつもりはないが、三大欲求の一つである「食欲」を、もう少し品良く表現できないだろうか。

東京新聞「反響」欄　（十一月五日　五十一歳）

「いい女」

子育てや家事に後ろ向きな気持ちで取り組んでいると、主人公のような発想になってしまうのかと思えてならない。同級生や初恋の相手の成功を見て、自分がしていることを引け目に感じてしまうという、このドラマの基本的発想に疑問を感じる。反面教師として主人公を見ると言ったら、ひねくれ過ぎだろうか。

東京新聞「発言」欄（十一月十日　五十一歳）

「家庭でもっと性語り合って」

中学生、高校生らの性の問題に親や教諭が口を出すことは難しい課題の一つだ。教諭と生徒との間の場合、セクシュアルハラスメントの取り扱いの複雑さもあり、アドバイス自体が敬遠されやすい状況もある。

大切なことは、特に家庭の中からもっと日常的に性についての話題を自然に取り上げられる環境をつくる努力をすることだろう。性への言及それ自体が阻まれる、ある種の文化的障壁を取り払う必要がある。

人間の本質的な問題を、親子や友達、教諭・生徒間で話題にすることの重要性に、もっと目を向けるべきだろう。そういう土壌が前提となって、例えばエイズや性感染症、あるいはデートDV（恋人間暴力）などの広がりに、どう対処すべきかの実効的解決策の模索が可能となる。

最近、高校生間のデート時に女子がキスやセックスを強要されたり、殴るけるなどの暴力行為も増えている。これは、どこでも手に入る性的に挑発的な雑誌やインターネットのサイトなど、便利な現代社会が抱える負の部分による弊害の一つの表われだろう。

大人の間での会話でさえ「性」は、まだまだまじめな議論の対象になっていないのが現状で、専門家やわれわれ大人自身のより積極的な意識の転換が急務であるように思えてならない。

東京新聞「反響」欄　（十一月二十二日　五十一歳）

「スッキリ!!」（十六日・日本テレビ）

ボジョレ・ヌーボーの解禁日ということで、午前中にも拘わらず出演者がワインを試飲していた。酒類のCM放送が特定時間に限られているのは、未成年者への影響を配慮してのことだ。テレビ関係者にはぜひ、社会的影響、責任の大きさを再認識してもらいたい。

東京新聞「反響」欄（十二月三日　五十一歳）

「はなまるマーケット」（十一月二十七日・TBSテレビ）

ゲストの女性タレントは、六歳の娘がマニキュアを大好きで塗っていると話していたが、非常識だと思った。マニキュアには有害性もあるのに、子ども用の製品ならまだしも、本人がもらったものを娘に回しているとは驚く。「六歳でも立派な女」などと笑い話にする問題ではないと思う。

東京新聞「発言・ミラー」欄（十二月十九日　五十一歳）

「休日の分散取得に賛成」

本紙五日付朝刊の経済面に「休みをもっと分散させて、家族の時間増やそう」との船山《ふなやま》龍二JTB会長の記事があった。

日本は、学校も職場も休暇が夏に偏りすぎているため観光地が混雑し、旅費もかさむのでほかの季節にも休みを取りやすくできないだろうか、という問題提起だ。

私も同感で、わざわざ休・祝日などに混雑した行楽地へと出かける気にはならない。だいたい日本では、日常的にサラリーマンの出勤時間は早く、帰宅時間は深夜になることも珍しくない。

これでは、家族とのだんらんどころか、顔を合わせることさえままならない家庭が少なくないのではないか。

最近では、高校生らが学校を休んで行楽地や遊園地などへ行くという話を聞くが、混雑を避けて行楽を楽しむという意味では機転が利いているかもしれない。

もちろん、正規の休日に行くのがよいが、それがしにくい現在の状況を改善するためのきっかけに、船山会長の問いかけがなればと期待している。

ドイツでは自治体ごとに公立校の休みがずれているそうで、こういう海外での事例も参考にしていいだろう。最近のいじめなど教育問題も絡み、「家族で過ごす時間が増えれば、いじめや教育問題にも効果があるはず」との言葉はその通りだ。

最近の少子化問題の改善策としての労働条件や保育施設のあり方などの施策を見ると、確かに働きやすくなるかもしれない。

だが、子どもを長く預けられるようになることが本質的な問題の解決になるとは思えない。むしろ、家族のあり方を阻害しかねないのではないか。

いじめの問題にしても、「家族で話し合う、そんな時間を持つ家庭でなければ、いじめはいつまでも尾を引く」というのも事実だろうと思う。

●平成十九年（二〇〇七年）

東京新聞「反響」欄（一月十六日　五十一歳）

「怒りオヤジ3」（十一日・テレビ東京）

風俗店で働いている人が出演し、サービスの内容を詳細に説明していた。店の宣伝行為以外の何物でもないと思われるし、深夜とはいえ、テレビで放送する内容ではない。世も末などと嘆いている場合ではなく、関係者に猛省を促したい。

日本教育新聞「学校から地域から　学校徴収金未納問題」欄（一月二十二日　五十一歳）

「脱税行為にも等しい」

学校徴収金未納問題は、公立、私立を問わず問題化していると言える。授業料の口座引き落としができない生徒の数は、昨年の経済状況の悪化と大きなかかわりがあることは言うまでもないだろう。一方でＮＨＫの受信料の支払い拒否に見られるような、組織の体質に対する批判行動の一環として行なわれるものや、中には現状の学校教育・教員、あるいは公務員批判としての授業料や給食費の不払いもあるのかもしれない。

ただ、多くの家庭が現実問題として経済的に苦しく、払えないわけではないが、できるなら払わないでいられればよいという、「様子見」的な姿勢の表われとしての未払いも多いのではないか。

基本的には、義務として払うべきものは勝手に拒否してはならないと考えるべきだ。その上で、意見なり批判なりの行動を取るべきだろう。税金で賄われる費用を払わないことは、納税義務を果たさない、脱税行為にも等しいと思う。

東京新聞「反響」欄（一月三十一日　五十一歳）

「プロフェッショナル」（二十五日・NHK）

こんな素晴らしい指揮者（佐渡裕）がいるのを、今まで知らなかったことを残念に思ったくらいだ。ドイツ語、英語、フランス語、イタリア語を自在に使いこなすのにも驚いたが、何より彼の仕事としての音楽への真摯な態度に圧倒された。日本だったら「出るくい」としてつぶされてしまったかもしれない。今後の活躍に大いに期待したい。

「校外研修に出たい」

日本教育新聞「学校から地域から　私の『忙しさ』」欄（二月二十六日　五十一歳）

教員にとって決定的に以前と異なる状況は、いわゆる生徒の長期休暇中の研修が、なし崩し的に廃止されてしまったということだ。夏休みなど長期研修期間のない教員など、ほとんどサラリーマンと変わりがない。

一般的な保護者の発想も、生徒のいない学校で何をしているのかというのが、正直なところだろう。確かに職場でできる勉強も大切だ。だが、各教科の特性に応じたさまざまな学校外での研修こそが、教員が子どもたちの生きる力を身に付けさせるための源になるはずだ。その上、勤務状況が一方的に厳しくされるだけの学校で、どのように子どもたちと接していけばよいのか。ただでさえ授業以外の事務的作業の多い日本の学校で、大きな課題を抱えながら国民の期待に応えるには荷が重過ぎる。かつて「日本株式会社」と批判された日本社会が、今、学校（教員・生徒）に求めているのも、利益・効率優先の「まじめに働くだけのロボット生産」であるように思えてならない。教員から幅広い人間らしさを、これ以上欠けさせてしまうようなことにならないよう、祈るような思いでいる。

東京新聞「ひろば」欄

（三月二十五日　五十一歳）

「語学上達コツ　2選手に学ぶ」

七日付特報面「桑田、宮里選手に学ぶ英語力」を興味深く読んだ。帰国子女でも留学経験者でもないのに、流暢な英語を話すことを話題にしている。私は、語学上達の決め手は努力、工夫、目的意識だと思っているが、この選手たちに共通して言えることではないか。

二人の経験から学べることは、まず英語を母国語としている人と接触する機会をできるだけつくること。これで「聞く」力が養える。自分から英語で声をかけることで「話す」練習になるということだ。

　また、読み書きの力をつけるにはメールが役に立っているようだ。あとは一人の時でもできる限り英語を使ってみることだ。続けようという目的意識が大きいほど、努力も工夫も積極的にでき、上達は早いということになる。

　英語を学ぼうという強い意志さえあれば、今の日本ならば難しいことではない。早期の英語教育には異論もあるが、英語が楽しくなるような英語活動も、ぜひしてほしいと思う。


東京新聞「反響」欄（四月三日　五十一歳）

「ザ！世界仰天ニュース」（三月二十八日・日本テレビ）

　海外の謎めいた話、恐怖や涙を誘う出来事を紹介する番組。紙芝居や見せ物小屋のような娯楽に通じるものがあり、庶民を引き付ける魅力にあふれていることは認めるものの、四時間余りも見せられては食傷せざるを得ない。「過ぎたるは…」のことわざに学びたいところだ。

日本教育新聞「読者の声」欄

（五月二十一日　五十一歳）

「制服代、安くならぬか」

新入生たちもそろそろ学校生活に慣れ、中学生は今までなかった制服も板についてきたころだろう。ところで、当たり前のように着ているこの制服、なんと数万円も掛かるというのだ。授業料や給食費などでさえ滞納が問題になる昨今の経済環境の中で、この出費は決して軽いものではない。

高校進学での場合も状況は同じで、今年も定時制への志願者が非常に多かったが、その理由の一つに私服で通えるということがあるのではと勘繰りたくなるくらいだ。

日本での「制服信仰」は根深い。これまで廃止に向けての議論もあったが、むしろ洒落《しゃれ》たユニホームを看板に生徒獲得を目指す学校が、公私を問わず増える傾向が強くなってさえいる。

制服の利点がどういうものか、もう一度考えるきっかけに、これまで経済的とされてきた制服の価格を取り上げてみてはどうだろう。「私服」すなわち「自由服」に、どのような不都合があるのだろうか。経済的、あるいは衛生上も、各自が工夫した自分らしい服を着用する方が、はるかに合理的なように私には思える。

制服業界もさまざまな工夫を凝らして、制服の良さを強調し、また、より合理的な制服の在り方を模索しているのだろう。ただ、制服の「廉価版」の販売を願う保護者は少なくないのでは、と私は思うのだが。

読売新聞「放送塔」欄（六月二日　五十一歳）

「被害者家族の『痛み』実感」

日本テレビ系二十日「ドキュメント'07」は、加害者が刑を終えても終わらない、被害者家族の癒えない心の痛みを視聴者にも実感させるものだった。若者による理不尽な殺人や暴力事件が絶えない昨今、一体どうしたらこのような事件を起こさないで済むのか。より深く、この種の問題を探る番組を期待したい。

日本教育新聞「読者の声」欄（六月十八日　五十一歳）

「危機感を共有して留学生政策進めよ」

教育再生会議の提言に対しては、批判的な意見をマスコミなどで多く目にする。「母乳で育児をする」「食事中にテレビを見ない」など、〝普通〟の家庭、親なら科学的根拠にも考慮しつつ、当たり前のように理想と考えるようなことが、今の日本では当たり前のこととして主張できない状況があるようだ。〝普通〟の定義や、その善し悪しなど、単純に意見がまとまらないのは、どの国でも同じだろう。

恐らく、誰が、どのような価値観に基づい

て発言や提言をしても、共通理解が得られにくいのが、今の日本の社会なのかもしれない。その中で、日々、理解不能なさまざまな事件、事故、現象が起きている。

再生会議の中では、日本の大学、大学院の国際競争力を高めるため、二〇二五年をめどに現在の十倍に当たる百万人の留学生を受け入れるとの構想もあったようだ。

しかし、第二次報告では、予算の関係から、大きく後退してしまった。

私には、お金の問題というより、やはり、国民の共通認識の在り方に問題の本質があるように思える。外国語の学習や文化の理解のために努力することが、現在、いかに大切かということを、もっと私たちは知らなければならない。

例えば、アメリカが若い世代の中国語学習のために、どれだけの予算を割いているか、あるいは、中国の北京大学などで、多くの学生が積極的に日本語を学んでいるという実態を、どれだけの日本の若者が認識しているか。日本人の外国語学習は、韓国や中国の学生に比べ、非常に遅れていることを、危機感を持って受け止める必要がある。

少なくとも再生会議の提言にもあったように、より多くの留学生を受け入れることによって、異文化を体験する機会を増やしたり、「日本語試験の一元化」など日本語の学習、日本語そのものの在り方にも、もっと大きな関心が払われなければならないと思う。

神奈川新聞「自由の声」欄

「夏時間の検討前向きに」

（七月二十五日　五十一歳）

みずほフィナンシャルグループがサマータイムを試験的に導入して、就業時間が午前八時から午後四時半となるそうだ。夏時間については以前から賛否両論あるが、なにも日本中が一斉に導入する必要はなく、フレックスタイムで日常的に自分の出勤スタイルを実行している人も少なくないのではないか。

経団連による、地球温暖化対策のための提言を受けてということもあろうが、朝の通勤時間帯の渋滞や公共交通機関の混雑緩和のための時間差出勤としても効果的だろうと思う。

弁当を用意しなければならない主婦らにとって多少、負担が増えるかもしれないが、家族全体でペースを変えてみるのも新鮮でいいのではないか。いつもより早く起きれば、涼しいうちにできることも増えるだろう。サラリーマンの帰宅時間が早まれば、家族だんらんの機会も多くなる。

個人や家庭で、このシステムの長所、短所を考え、必要だと考えれば勤務先などの「声」を反映させる努力をし、できる範囲で工夫をしてみるのもいいのではないか。

日本教育新聞「読者の声」欄

（九月三日　五十一歳）

「積極的な情報発信で多彩な提案生まれる」

学校統廃合の問題では、少子化、人口の都市集中など、教育の地殻変動を生じさせるほどの大きな社会変化を、どう受け止めるかが問われるのではないだろうか。

未来を見据えた教育観に沿って、必然的な廃校・統合を、どれだけ生かしていけるか。危機をチャンスに変える度量が、教育行政に求められるところだろう。

そこで、例えば、和歌山県教育委員会がホームページで、「公立小・中学校の適正規模化について（指針）」（平成十八年六月十三日付）を掲載しているように、さまざまな案があらゆる人たちの目に触れる環境をつくることが必要ではないか。

国や地方、あるいは企業、ＮＰＯなどは、それぞれが置かれている状況下、特定のビジョンを持ってそれぞれ計画・実行を進めていることだろう。その前提で、社会全体としての「行き先」がある程度見え、互いのエネルギーが相乗効果をもたらし、少しでも無駄を省けるような共通理解ができないものだろうか。

たとえ分野が異なっていても、理念的に理想・目的を共有することが大切だと思う。また、より良い統廃合の在り方を考えつつも、例えば、国内留学による子どもたちの全人格的成長の促進、あるいは地域社会の活性化を図る計画なども、積極的に進められないものだろうか。

いずれにしても、国、地方、民間による教育情報の積極的発信が、いかに重要かということに尽きる。つまり日本の教育を一流にするためには、国民すべてが教育に関心を持ち、さまざまなアイディアを日常的に出し合うくらいの心構えが必要だろう。

教育情報の発信に関して、私が常々考えている理想の一つに「『日本教育新聞』の経済紙並み発展」がある。まさに、日本の教育を一流にするために不可欠な課題の一つと考えるのだが。


日本教育新聞「読者の声・中学・高校から見た『小学校英語』」欄（十一月十九日　五十二歳）

「和製英語の整理必要」

いよいよ小学校での本格的な英語教育が始まることに、英語教師としては期待が大きい。一方で、日本人がなぜ英語を学習するのかという一点さえ、いまだ十分な共通理解が形成されていない現状に、いら立ちを覚えずにはいられない。

一般論として、言語学習には、その言語の文化的背景の理解・尊重が大切である。しかし、現代社会において、学習の根拠は、英語という言語の機能性や普及率などに求めるのが理にかなっていよう。「全世界的な意思疎通を効率的に行なうための一手段を養う」という発想への共通認識を持たなければならないと思う。

このような前提の上で今、日本社会に求められていることの一つは、和製英語の整理である。子どもたちに関しては、例えば、「ポケモン」などの想像上のカタカナ名を覚えるのでなく、本物の外国語を覚えることについての議論や、日本語習得時に幼児語の多用を避けるなどの議論も必要である。

首相や大臣などの演説にカタカナ英語が多く取り込まれるのでなく、社会的指導者、知識人が積極的に英語で話す機会を増やすことなども、英語学習の動機付けには欠かせないだろう。

そして、自在に英会話をこなす者を「英語屋」などと揶揄しないこと。そのような社会的背景が成立して初めて小学校での英語教育に良い結果が出る。

他人の英語力を、ヒガミ、ヤッカミを持たず自らの英語習得の手本として謙虚に受け入れられる度量を、われわれがどう身に付けるかということも、大きな課題の一つのような気がする。

●平成二十年（二〇〇八年）

神奈川新聞「自由の声」欄

（一月十二日　五十二歳）

「必要感じる身近な相談者」

十二月二十三日の投稿「通帳の名義変更で困った」を読みました。今の複雑な社会の中で快適に暮らしていくためには、どうしてもちょっとした生活の「知恵」が必要かと、銀行により異なる現金自動預払機（ATM）の操作方法一つを見ても感じます。さまざまな「手続き」については、仕組みを知っていないと一層ややこしいことになってしまいそうです。

ちょっとした工夫で、面倒な手続きを省くことができる場合もあるようです。新聞の購読料などの自動引き落としの変更については、ご主人が支払いをされる相手先に引き落とし口座などの変更をあらためて届け出れば、それほど複雑にはならなかったと思います。型通り、規則通りに身を委ねるのも一つの方法かもしれませんが、何でも相談できる人が身近にいて、快適・円滑に雑用がこなせればと、日ごろから私も感じています。

また、書類をそろえたり個人情報に関する規則を守ったりすることは、結果的に自分たちを保護することになるのだと割り切るしかないのではないかと思うのですが…。

日本教育新聞「読者の声」欄

「子育てと仕事、ほどほどで」

（一月二十一日　五十二歳）

「子育て」「仕事」「両立」というキーワードがあるとすると、そのどれもすべて完璧《かんぺき》にしようと考えるのは、やめるべきだと私は思う。基本的には、各自の置かれている状況の中で、できる限りのことをすればよい。

人間の赤ん坊は、放っておいては生きていけない。昨今のさまざまな子育てに関係する事件も、幼児を一人で家に置き去りにしたり、車中に放置したりと、「人間」扱いされていないような状況が少なくない。

育児に対する単なる責任放棄ではない。明らかな重犯罪である。親にどのような事情があるにしろ、「できる限りのこと」を常にする心掛けは絶対不可欠だ。

「社会が子育てをする」という発想の実現のための行動も大切だ。近所との付き合い、ボランティア活動の充実など、人間関係を、より潤滑になるよう、立て直す工夫が必要だ。

「仕事」は、ただ頑張ればよいというのではない。家族、趣味、健康などとの調和があってこそ社会のためにもなるのだろう。

まして、「両立」は、ほどほどでよいのではないか。そして、「両立」は男性にとっても目標であるべきだ。

男性の育児休暇取得を広げていくためには、「時に子育てに没頭することも大切」という考え方が重要だと思う。人生全体を見て、「両立」への努力がなされていればよしとすべきだろう。

かつて、「家事」を金銭換算する試みがなされた。しかし、「すべてはお金」ではなく、経済競争と文化的、人間的充実度とをバランス良く追求することの価値を再認識することも必要だ。

今の社会に欠けているのは、「中庸《ちゅうよう》」の尊重でもあるように思えてならない。

東京新聞「反響」欄（二月六日　五十二歳）

「ドキュメント現場」（一月三十一日・NHK）

子どもたちのために、駄菓子の値段を上げず、味や品質を守ろうとするメーカーの涙ぐましい努力を取材し、好感が持てた。決して妥協しない姿勢は、食品偽装事件が続く昨今、まさに範とすべき職人気質だろう。「たかが駄菓子」としないところに、あらゆる製品の品質管理に通じる原点があるように感じた。

神奈川新聞「自由の声」欄（二月二十一日　五十二歳）

「本名で呼ばない工夫必要」

八日の投稿「なぜ返事をしないのか」には同情しなければと思いつつ、実は私自身「返事をしない」派の一人です。学校の教室などで返事をするのとは異なり、病院など不特定多数の人たちが同席する場では、どうしても大きな声で答えるのをためらってしまいます。

ある種の「安全」が、保障されないからだと思います。日本人は一般的に「性善説」を前提に、日常生活を営んでいるように思われます。周囲に悪意のある人などいない。いたとしても、自分とは関係ない。そんな発想からか、例えば病院窓口で、看護師さんが患者さんに、病気の内容や個人情報に当たるような事柄を普通の声の調子で話しているのを耳にすることもあります。もう少し慎重であるべきです。

銀行では、最初は受け取った札の番号で呼ばれますが、その後は名前です。「お客さま」だからなのでしょうが、公共施設などでは、なるべく本名でなく、何かうまい記号のようなものが工夫できないかと思うのです。もちろん、安心して返事のできる社会であってほしいとは思うのですが…。

日本教育新聞「読者の声」欄（七月七日　五十二歳）

「有機農業学ばせたい」

しばらく前から「ロハス」という言葉を聞く。「ライフスタイル・オブ・ヘルス・アンド・サステナビリティ」の略語で、「健康と持続可能な社会に配慮した生活」という意味である。

これからの時代は、よりよい生活のためのキーワードとして、「有機食品」「自己治癒力」「リサイクル」「環境貢献」「もったいない」などが重要になってくる。理想的、理念的な言葉の羅列かもしれない。しかし、荘大な夢、希望を持たずに、どうして次の世代を前向きに育てていけるだろう。

近年、制定された「有機農業推進法」は、子どもたちに誇れる資産の一つだと思う。わが家でもできる限り、有機農法による作物を食材として使うようにしている。すべてはわれわれの一歩から始まる。少しでも有機農業を知る人々を増やし、仲間をつくり、より住みやすい社会、世界を残すことを日々の目標の一つにしたい。「できることからやる」というささやかなステップから、思いがけない大きな視点が身に付いていくのではないか。

まず、地域に目を向け、地産地消に心掛け、季節や動植物の息づかいを感じつつ、何より子どもたちにあらゆる意味での安全な生活を持続させるための学びの機会を与えていきたいものだ。

日本教育新聞「読者のページ」欄

（九月一日　五十三歳）

「長くじっくり使える教材に」

魅力ある教科書（生徒・教師にとって）とは何だろうか。

日本の教科書について、良く言われていたことの一つは「貧弱さ」。例えば、アメリカの教科書などに比べると、紙の厚さ、質、量、体裁など、どれを取っても日本の教科書は見劣りするということ。「（精選された）内容で勝負」というのだろうが、「見かけ・外見が大事」という考え方にも一理ありそうだ。

一方で、グラビアを多用した、まるで趣味の雑誌のような教科書も最近では見られる。

貧弱なのも派手過ぎるのも、教科書を大切に扱えない生徒を作る原因の一つになっていないだろうか。

良いものを長く丁寧にじっくり使うという習慣作りのためにも、「しっかり」した教科書を作る体制を確立していってはどうか。

十分な内容の参考書や辞典的な教科書は、一つの理想ではないかと思う。「教科書で」授業をするのが基本だが、「教科書を」学習意欲をかき立てるようなものにしてもいいのではないか。関連して、何冊もの教科書を毎日のように持ち運ぶという学校慣習に変化を与えるきっかけにもしたいものだ。

とにかく、これまで当たり前としてきた事柄への見直しをする意味でも、教科書のページ増を、より魅力的な教科書作りのために、工夫を凝らす好機とできればと考える。

●平成二十一年（二〇〇九年）

日本教育新聞「読者の声・高校の日本史必修化」欄（三月九日　五十三歳）

「生徒の気持ちを大切に」

課題は、どれだけ多くの国民の意見を議論に取り込めるかだと思う。保護者、学習者、教育関係者、ほかすべての人々の本音が出し尽くされ得るのかどうかということだ。できる限り客観的にあろうと意識しつつ想像力を働かせれば、自分が住んでいる国の歴史を学べるのは当然で、必修であろうが選択であろうが、とにかく学習の機会は公平に与えられるべきだろう。

ところが、皆、学校で勉強しなければならないということになると、なにか不自由な心持ちになるのが人情というものだろう。

卒業式などで議論になる国家・国旗についてもそうだが、自国を代表する歌を歌うのは誰にとっても不自然なことではないが、〝歌え〟〝歌うな〟などの雑音が生徒たちの耳に入ってきたのでは興ざめもいいところだ。

少なくとも言えることは、学習内容・方法も含めて、これらを吟味するときに、子どもたちの素直な気持ちをないがしろにするようなな「大人的発想」の犠牲にしては、ならないということだろう。

日本教育新聞「読者のページ」欄

「卒業認定試験に発展を」

（六月一日　五十三歳）

指導改善が主な趣旨であるとの全国学力試験・学習調査であるが、全員参加が前提ならば小学校、中学校、高校それぞれの「卒業資格認定試験」的なものにまで発展させられないだろうか。

中学、高校に関しては、一般の受験者も参加可能にしてもよい。また進路指導資料として、進むべきコースを考える際の参考資料として活用することも可能だろう。

かつて神奈川県でアチーブメント・テストが実施されていたころ、高校進学のための資料として、入学試験本番さながらの緊張感を個人的には持った記憶があるが、もっと各自の状況に応じて柔軟に年に複数回受験のできる、例えば、英語検定などのような「一定の知識・理解」を問う程度の内容が中心でよい。

日本では表面上、中学校卒業、高校卒業程度といえば、それぞれ一定の資格を示しているが、実際にはかなりの学校間格差（学歴差）が存在している。卒業資格認定試験は、進路指導の際に、普通高校、職業高校、各種校、定時制、通信制、訓練校、フリースクール、支援校、あるいは寮生活をしながらの実学施設・企業など、さまざまな進路に対応できる資料となる。

各生徒が学習傾向、職業適性など自身の特性を知ることのできるような問題内容とし、それぞれのコース選択をじっくり考えられるような機会を与えられれば理想的だ。

日本教育新聞「読者の声」欄

（七月六日　五十三歳）

「必要なら泳げる人も」

ゴーグルは、自転車で言えば補助輪のような働きをする面がある。慣れるまで、独り立ちできるまでは個人差はあるが、必要なら無理に取り去ることはできないだろう。

一方で、眼鏡のような働きをすると考えれば、必要な者はいつまでも状況に応じてゴーグルを使ってもいいのではないか。

皆がプロの泳ぎ手になるわけではない。ゴーグルをすることでのデメリットに配慮をしながら使用すれば、あえて着けさせないというこの方が不自然なような気がする。

確かに緊急時、水中で目を開けられないというケースも生ずるのかもしれないが、むしろゴーグルをさせて水への恐怖心や水泳嫌いを減らせるなら、その方がよい。

日本教育新聞「読者の声」欄

（八月十七日　五十四歳）

「携帯し知識高めるツール」

例えば『広辞苑』の電子辞書版と従来の紙ベース版との比較なら、それぞれの善し悪しを検討する意味もあるのかもしれないが、最近の電子辞書に関しては、内蔵する辞書数、機能などコンピュータ並みで、紙の辞書と比較するというよりまったくの別物と考えた方がいいだろう。

単純に想像しても分かるように、通勤車中で国語辞典、英語関係辞書群、百科事典、実用書などを持ち込んで新聞や専門書を読むなどということは、これまででは不可能だ。大進歩である。

電子辞書の発明に敬意を払うことはあっても、例えば、生徒の使用にあれこれ口をはさむような余地はないのではないかとさえ思う。常に携帯して知識、教養などを高めるツールとして、もっと普及してもいいはずだ。

コンピュータが発展、普及しても結局、いまだに紙の資料が不可欠なように、電子辞書と従来の紙ベースの辞書とはその役割が異なる。慣れや好みの問題はあるかもしれないが、学習においても常に身に付けている、安価な「文房具」的な存在になり、それを前提に授業や試験などのありようも変わっていくのではないかと、個人的には期待、予測をしている。

●平成二十四年（二〇一二年）

東京新聞「反響」欄（二月十五日　五十六歳）

「ブラタモリ」（九日・ＮＨＫ）

江戸時代に盆栽や鉢植えの草花が流行した理由が分かり、なるほどと思った。それにしても、ちょっとした工夫で〝小さな庭〟を手に入れてしまう人々の心意気は素晴らしい。

神奈川新聞「自由の声」欄（八月十三日　五十七歳）

「犯罪への新たな視点必要」

「障害者への厳罰化は疑問」（七日）を読んだ。姉を刺殺した障害者である被告については、報道によれば「本人の反省態度」が裁判員の判断に影響を与えたのではないだろうか。また、例とされた「てんかんを持つが故に重罰」というのは正確ではなく、「免許更新時に病名を明かさなかった」ことが問われた。

特に難しい問いかけと感じたのは、「社会全体で分かち合うべき障害者への対応」という表現。説得力に足る広報活動が、どれだけ日常的になされているか疑問が残る。どんな理由があるにせよ、過ちを犯したときには、誰であろうと区別、差別があってはならないというのが、昨今、大まかな共通理解・認識となっているのではないだろうか。

課題は、「発達障害に対応できる受け皿が社会になく、再犯の恐れがあるため、許される限り長く刑務所に収容すべきだ」という司法の判断。果たして、刑務所が更生・教育機関になり得るか。教育現場に警察がどう関わるかという問いかけが頻繁になされる昨今、非行・犯罪への新たな視点が求められている。

神奈川新聞「自由の声」欄
（八月二十六日　五十七歳）

「英会話　得意な生徒養成を」

「小学校でもっと英会話を」（二十日）を読んだが、英語教育が必要と感じている日本人の典型的な意見の一つだと思う。だが、この種の議論は、「日本語学習が先決」との反論でほぼ幕を閉じてきたのが、これまでの日本社会での実情だろう。

困っている外国人に対して、最近では観光地の大きな駅などでは専任のガイドを見掛けるし、電車内などでも、そこそこの英語を話す日本人を見掛けることが珍しくなくなっている。例えば、小中高生の十人に一人がある程度の英会話力を持っていたらどうだろう。

十分に貢献できるのではないだろうか。

クラスに数人、英会話の得意な生徒を養成すればいいだろう。小学校も含め、学校教育に定着している外国語補助教員制度の、より効果的な活用のあり方を考えるヒントにも結びつくのではないか。私見だが、これまでのように、誰にでも平等に英語を教えなければならないという考え方を見直してもいい時期だろうと思う。英語教育の改善のため、大学入試科目から英語を除外することも重要な課題だと考える。

神奈川新聞「自由の声」欄

（十月八日　五十七歳）

「外国語の習得　より身近に」

本紙横須賀版で囲みコラム「ハローALT（外国語指導助手）」が始まった。一回目は、横須賀の市立小学校で英語を教えているオーストラリア出身の先生（九月二十八日）。さまざまな出身国、経歴、生活背景を持った教師らの紹介は、生徒や保護者のみならず、関心を抱く読者が少なくないだろう。

現在、中、高には必ずいるALTだが、もっと増員すれば効果が上がるだろうし、近い将来、小学校での需要も増すだろう。同日の経済面「ビックロ」の記事でも、「ユニクロのスタッフ四百八十人中、外国人は約百人で、英語、中国語、韓国語の三カ国語に対応できる」とあった。以前は想像もできなかった状況だ。

日本での「国際化」の一つが、ALTや販売店スタッフなど、国内で働く外国人の増加に見られる。仮に日本の五人に一人が英語圏を中心とする海外からの移住者になったら、英語など外国語の習得は、より身近になるのではないだろうか。日本の少子高齢化などを考えると、そんな日が来るのも、そう遠くはない気がしてくるのだが…。

●平成二十五年（二〇一三年）

神奈川新聞「自由の声」欄

（一月三日　五十七歳）

「サービス精神を欠く駅員」

ＪＲのある駅で、清掃中の女性従業員と話をしていて、昔はエスカレーターの点検などは終電の後に行なっていたような気がすると言うので、そうかもしれない、そうすれば利用客の多い時間帯に困る乗客もいなくなるのにと思った。

頼まれさえすれば、どんな時間でも点検作業はできるという。なぜそうしないのか。やはり経費の節約なのだろうか。事故も少なくないエレベーターやエスカレーターの保守点検は不可欠だ。

だが、そのための不便さを客に押し付けるのは、サービス業的にはどうなのだろう。昨今、列車の事故や遅延が起こると、駅員に食ってかかる乗客を見掛けるが、アナウンスの内容や対応にサービス精神を欠いたものがあったりするのも事実だ。また、改札口での不正行為に対しても、駅員は基本的に無関心ではないのかとさえ思われる場面をよく目にする。

経費節減のためには仕方のないことなのかもしれないが、改札機がピンポン、ピンポンとむなしく鳴り響いているのを見るにつけ、釈然としない思いを抱くのだ。

読売新聞「放送塔」欄

（一月二十八日　五十七歳）

「歴史上の『もし』楽しめる」

テレビ朝日系金曜夜のドラマ「信長のシェフ」に興味を持ち、家族を誘って見た。歴史の勉強になり、食育にも有効で、予想以上に満足できた。歴史上の「もし」が十分楽しめる脚本で、時代考証に大きな問題がなければ、子供たちにも積極的に見せていい内容だ。久しぶりの、家族みんなで見られる娯楽番組だと思った。

読売新聞「気流」欄（一月二十九日　五十七歳）

「情報の質高い新聞　若者もっと読んで」

授業で話す材料を探すため、職員室で新聞をチェックしていた時のことだ。生徒から「暇なの？」「仕事しないの？」などと厳しい声をかけられた。どうやら生徒には、新聞を読む姿が、時間つぶしにうつったようだった。

教育の現場では、新聞活用学習（NIE＝Newspaper In Education）が広がっている。新聞からは教科書以上に質の高い情報が得られることも多い。子ども向けの新聞も発行されており、若者にとって新聞がもっと身近になっていくと期待している。

家庭でも、みんなで読めば、様々なニュースの話題を共有でき、家族のコミュニケーション作りにも有効だと思う。
もっと新聞が若者から評価されるようになって、私が新聞に目を通していても、「先生、勉強しているね」と、生徒が言ってくれるようになれば良いなと思っている。

神奈川新聞「自由の声」欄

（二月六日　五十七歳）

「振る舞いはＴＰＯに応じ」

ＴＰＯという和製英語がある。人には時間、場所、状況に応じて取るべき身の振る舞い方（服装や態度）があるというような意味だろう。

昨今、例えば、バスや電車の中での多様な行動が話題になる。女性の化粧に象徴される「家にいるようなリラックス態度」も垣間見られる。ラッシュ時を除けば、バスや電車内で普通にくつろぐことに問題はない。要するにＴＰＯなのだろう。

通勤、通学者にとって移動時間の使い方は、大きな課題。読書、勉強、考え事など、どうやって時間をつぶすか、活用するか——。その極端な例が化粧であったりするのだろう。一方、携帯電話の普及で電車内の風景が一変し、大半の乗客が携帯やスマホに意識を集中させている。これは、個人的な時間利用のあり方として理想的かもしれない。

「どこでもドア」ならぬ「どこでも自分ペース」が確保でき、家にいるのと同様、自分のしたいことができるからだ。ただしＴＰＯがここでも重要で、振る舞い方についての共通理解がどう得られるのか、重要な課題になるのだろう。

東京新聞「発言・ミラー」欄

（二月九日　五十七歳）

「苦痛な『いじり』はいじめ」

一月二十八日付発言欄の若者の声で中学生の投稿「『いじり』は学校に必要」を読んだ。「いじられるというキャラクターがあれば、その人のクラス内での立ち位置や居場所は保障されるのだ」との指摘は、私自身の学生時代を彷彿とさせるリアルな臨場感がある。一理あると思う。その一方で「いじめといじりは紙一重」とも記し、その複雑な胸中を察すると、「中学校社会の厳しい現実」を何とか緩和する策がないものかと、思わずにはいられない。

「いじられキャラ」でクラスでの存在が確保できるということは、森口朗氏の著書『いじめの構造』にある「スクールカースト」によって、クラス内に序列と上下関係を定めてしまうのではないかとの懸念がある。

文部科学省のいじめの定義では、「いじめか否かの判断は、いじめられた子どもの立場に立って行う」としている。その意味では、いじられることで自分の居場所を見いだしている子の意思も尊重してもいいと思える。ただ、定義では「子どもが一定の人間関係のある者から、心理的・物理的攻撃を受けたことにより、精神的な苦痛を感じているもの」ともあり、もし、その子どもが少しでも

「苦痛」を感じているようなら、弱い者いじめとなり、状況の改善が必要とされる。

いじめが最も多くなる年代は中学生で、精神的な病に至るような思春期特有の成長過程の背景がある。内向きになりやすい彼らの気持ちを、とにかく外に開き、積極的に問題や悩みを吐き出せる環境を大人はつくらなければならない。

神奈川新聞「自由の声」欄

（二月二十日　五十七歳）

「幸せの心　あいさつに込め」

「『普通が幸せ』心から感謝」（七日）を読んだ。難病を抱えながら、周囲の人たちの支えによって看護師になる夢に向かっている高校生の今井澪さん。「健康な体に生まれて生きていくこと、普通であることがどんなに素晴らしいことか分かってほしい」と記す。

人間、何が幸せかって、この世に生まれて来たこと、いま生きていること、それ自体がすごいことだと私は思う。で、通勤電車で前に座っている小さな子どもたちから私の教えている高校生くらいの年頃、大先輩のお年寄りまで、すべての人に「おめでとう！」と言いたくなってしまう。

例えば、日常のあいさつは「幸せに生きていますか」という確認。普通であることに感謝し、喜びを感じていれば、周囲の誰にでも声を掛けたくなるものだ。あいさつの本質はそこにある。「普通が幸せ」を実感したら、周りの人に感謝を分けるつもりで「ごきげんよう、お元気ですか」と声を掛けたくなる。

今井さんのような人は、きっとすてきな笑顔とあいさつを、周囲に振りまいていることだろう。

東京新聞「反響」欄（二月二十八日　五十七歳）

「信長のシェフ」（二十二日・テレビ朝日）

織田信長寄りのドラマなので仕方ないと思うが、わが家は浄土真宗で顕如上人《けんにょしょうにん》に思い入れがあるので、顕如の描き方に不満を感じた。歴史上の人物をどう表現するかは、ドラマの時代考証の中でも最も難しい部分だと、あらためて感じた。

東京新聞「反響」欄（三月十一日　五十七歳）

「ガイアの夜明け」（五日・テレビ東京）

東日本大震災の被災地・三陸で、漁業再生に懸ける人々を紹介していた。食べるのも大変なときに高い志を示した漁師、彼に寄り添うように力を発揮していく元商社マン。一見、不釣り合いにも感じる二人が、地道に確実に歩みを進める姿に心が和んだ。強い「絆」を感じた。

東京新聞「発言」欄（三月二十三日　五十七歳）

「自転車事故防ぐために」

先月十一日付発言面の「私設　論説室か

ら」で、川崎市内で母親が三人乗り自転車を歩道で走行中に転倒、後部席の幼児が車道に投げ出され、トラックにひかれて死亡する事故を取り上げていた。

私も自転車が大好きな小学生の子を持つ身で、筆者が主張するように、自転車が安全に通行できる道路を確保してほしいと思う。ただ、気になったのは、「歩道で前から来た自転車を避けようとして転倒」という点だ。

自転車の基本ルールの中には「自転車は車道が原則」「車道は左側を通行」「歩道は歩行者優先で車道寄りを徐行」等がある。

歩道でも、基本的には進行方向の左側をお互いが走っていれば、自転車同士がすれ違うこともなく、今回の事故も防げたのではないかと想像する。現実的には、これらのルールが守られているとは言い難いのだ。

詳しい状況は分からないので何とも言えないが、まずは自転車に関するルールの周知徹底を図ることが肝心ではないかと思う。

朝日新聞「はがき通信」欄　（三月二十四日　五十七歳）

「勉強になった」

「謎解き！江戸のススメ」（月曜、ＢＳ—ＴＢＳ）は断然面白い。司会の片岡鶴太郎の着物姿も自然で番組にうってつけ。古典が見直される昨今だが、手頃な江戸時代から振り返るのもいい。十八日のテーマ「老舗」も興味深く、生きた歴史の勉強になった。

VISA 2013 5月号 No.475

（五月一日　五十七歳）

「いつまでもツマミの常連に」

同誌四月号「SHOWAの風景」は、タイトルだけでも昭和三十年生まれのオジサンには魅力的だ。話題は魚肉ソーセージ。日本生まれ、庶民育ちとのサブタイトルに、バブルのころは見向きもしなかった我が身を反省した。不景気とデフレの影響でその存在が再評価され、今は手軽な酒の肴にもなっている。大正時代に、ある水産試験場で試作されたことや製造方法も知り納得。今後は景気が上向くことも期待しつつ、いつまでもツマミの常連にしてやろうと、思いを新たにしたのだ。

東京新聞「反響」欄（五月十九日　五十七歳）

「首都圏ネット」（十三日・NHK）

農林水産省内で開かれた、鯨肉料理の試食の様子が放送され、アナウンサーは賛意に近いコメントをしていた。調査捕鯨に関して賛否が分かれる中、報道では中立性を保った姿勢が必要ではないかと感じた。

神奈川新聞「自由の声」欄

（六月一日　五十七歳）

「十人十色を理解し合おう」

「不妊の女性にも配慮して」（五月二十一日）を読んだ。「一見、健康そうで、ごく普通としか思われない人たちの悩み」と言ったら失礼になるだろうか。他人への気遣いは大切と普段から考えている人でも、ちょっとした世間話の中に、ある人からすると配慮を欠くような言葉が出てしまったとしても、必ずしも責められない気がする。

問題にされた「子を持つ幸福感味わって」という投書は、少子化への憂慮も含めて記された内容だった。余計なお節介とも取れようが、悪意は全く感じられない。私が個人的に、ある障害についても言えることだと思うのは、もう少しオープンに良い形でカミングアウトし、周囲が理解を示せないかということ。

世の中、十人十色。違いを理解し合うことで、「配慮不足」を解消する一助になるのではないか。また、「生物の原点は、子孫を継続させること」との指摘には、私たちは人類として先祖であり、また子孫でもあることを再認識したのである。社会全体が子育てに協力する姿勢を持つことで貢献でき、後ろめたさなど感じる必要はないと考える。

毎日新聞「みんなの広場」欄

（六月八日　五十七歳）

「英語教育にネーティブ活用を」

三日付本欄「英語より教育環境の改革を」に関心を持った。英語教育に関する意見や、反省、期待などをもっと語ってほしいと日ごろから思っているからだ。

私は、英語を自由自在にこなせないのは日本の英語教育に携わっている英語の先生たちの責任ではないかと、感じている。

実用英語や早い時期からの英語教育の提案があるたびに、むしろ英語教育に後ろ向きとさえ思われるような反論が起き、英語教育関係者からさえもその声は多い。「教育環境の改革」は確かに重要だ。しかし例えば、英語教育の改革を突破口に、教育全体を改善していけるような情熱を持った若い先生たちの発掘・養成こそ、今、必要なことではないだろうか。英語教師にネーティブ（英語を母国語にする人）をとの提案も出ているが、賛成だ。英語を教えることに大変熱心な、世界中から来日している英語教師が多くいる。彼らに、公教育の「専任教諭としての仕事」を積極的に与えるべきだと考える。

東京新聞「発言・ミラー」欄
（六月八日　五十七歳）

「勤務中の喫煙対策を」

以前、本欄の「応答室だより」を読んで、東京都に対し、二〇二〇年夏季五輪招致を機に受動喫煙防止条例を制定すべきだ、という意見の投書が多いことを知った。

学校においては、たばこは有害毒物（タール、ニコチン等）として指導しているし、公共の場での喫煙は当然、禁止されるべき行為と私自身も考えている。「受動喫煙」を防止するには、他人のたばこの副流煙を拒否する喫煙者を含めて、非喫煙者のいる場所での喫煙を一切控えなければならない。そのことに法的根拠を与えるのが、受動喫煙防止条例なのだろう。

公共の場（不特定多数の人のいる場所）での喫煙行為が条例違反となれば、喫煙に関する「マナー違反」は存在しえなくなるのだろう。家庭内とか会議室とか、私的な空間でのマナーのみが問題視されることになる。

嗜好品であるたばこを吸うこと自体の法的禁止は理論上はあり得るが、現実的ではないだろう。問題なのは、喫煙者が特定の場所、時間帯での喫煙を控えることに相当な苦痛を感じるということだ。一定期間、我慢できないというのは明らかに依存状態にあり、治療の必要があると思う。たばこをやめようと思っているのにやめられないのは、実質的な薬物依存（ニコチン中毒）である。

例えば、勤務中にお酒を飲むことはマナー、法律以前の非常識行為になっている。だが、なぜ喫煙に関しては、受け入れられているのだろう。まずは、勤務時間中（休憩時間も含む）の喫煙をどうするかを一つの課題として取り組むべきだと思うのだが。

神奈川新聞「自由の声」欄

（六月十七日　五十七歳）

「表現変え〝駆け込み〟防げ」

JR藤沢駅構内の階段で、駆け込み乗車をしようとして転倒した男性客にぶつかられ、女性客が亡くなった事故の詳細を読んだ（本紙、四日）。こういう取材記事こそ地元紙ならではだ。人ごとではなく、事故現場の階段付近はホームに客がごった返す時間帯は、走らなくても大きな危険をはらむ場所だ。

ところで、この「駆け込み乗車」という表現自体がマンネリ化し、危機意識をなくさせているように思える。記事にあるように「事故後、ポスターを掲示したり、構内アナウンスを増やしたりして駆け込み防止を呼び掛けているが、有効打はなく、現状は利用客のモラル頼み」だという。

駆け込み乗車防止のため、発車直前のアナウンスによる案内や発車ベルをあえて鳴らさないなどの工夫もあるそうだ。音もなく滑り出す海外の列車を見た覚えはあるが、日本では現実味がない。

そこで「身勝手乗車」「自己中乗車」「無理やり乗車」などと、表現方法を変えてはどうか。これでは格好悪く、〝駆け込み〟を控えるようになるのではないだろうか。

神奈川新聞「自由の声」欄

（七月十一日　五十七歳）

「いじめ防止の手段探ろう」

「いじめは大切な命を奪う」（六月二十三日）を読んだ。さぞつらく、重い時間を耐えたのだろう。「いじめられている人にも問題」との視点は「いじめられた後」の対応から生じやすい。毅然とした態度を取るべきだった――など。

私も小学生の時、いじめに遭ったが、親や先生に相談する発想はなかった。迷惑や心配をかけたくない等の思い以前に、学校や家庭に相談を受け止める心の準備、態勢、制度がなかった。悔しさをどう晴らすか、だけを考えていた気がする。

もし、いじめ（私は言葉や態度による「嫌がらせ」と「暴力」に分けている）をされた際の対処法が当時から周知徹底されていれば、現在に至るまでの残酷な嫌がらせや暴力行為による自殺を減らせたかもしれない。

投書に「誰にも相談できなかった」と書かれていたが、どうだったら相談できたのか。重大な人権侵害に私たちが取るべき手段を見極めたい。私たちも、心に「善」を増やすことはできるはずだ。「いじめ防止法」が大きな改善のきっかけになることを願いたい。

東京新聞「『反響』特集・ドラマ月評」欄
（十月二十五日　五十八歳）

「飽きさせない」

「クロコーチ」（TBSテレビ）

悪徳刑事というだけあって、やることは相当ハレンチだ。「ドラマだからな」と、つぶやきながら鑑賞している。三億円事件の真相を探るという伏線を張りながらの展開は集中力をそぐような印象も持つが、飽きさせないドラマではある。

あとがき

「家系図を作ってもらったら、親鸞・藤原定家・毛利元就に繋がっていた！」

何年か前に父親が亡くなった。そのしばらく前から彼が、なんとなく身の回りの整理をしているような、今、考えると、そんな雰囲気、状況が、彼の仕草・行動に現われていたように思えるのだ。そんなことを考えながら彼が残していったものをながめていると、かつて燃えてしまったと聞いていた我が家の家系図に関する父親自筆によるメモがあった。田舎の寺の過去帳を見、覚えていたところを書き出しでもしたものなのだろうか。「明月家」の祖先が記してあり、インターネットで調べると、かなりの情報を集めることができた。

最終的な情報の整理のつもりで行政書士の丸山学先生（ＴＢＳテレビ「１００秒博士アカデミー」二〇一三年十一月十二日放送に出演）に家系図作成の依頼をしたのが、いわゆる先祖への関心の始まりということになるのだろう。

小学校卒業後、陸軍兵器学校に行った父親は、貧しい中でも真面目に人生を歩んでいたようだ。最終的には、中小企業の工場長、専務、社長となり、それなりに自分の人生に満足をしていたのではないかと私は思っている。彼に、もう少し歴史・宗教についての知識・情報・関心があれば、もっと早く、われわれ家族が先祖のことを知り、それなりの勉強もしたのではない

明月家系図（抜粋）

藤原鎌足（飛鳥時代政治家・藤原氏始祖）──藤原不比等（鎌足二男）

日野実綱（平安時代中期の官吏・漢詩人）─日野有範（平安時代後期の官吏・親鸞父）

親鸞（浄土真宗宗祖）──覚信尼（親鸞末娘）──覚如（親鸞曾孫・本願寺第三世）

蓮如（本願寺第八世）──証如（本願寺第十世）

顕如（本願寺第十一世）─┬顕尊（顕如二男・興正寺第十七門主）
├准如（顕如三男・西本願寺第十二宗主）
└教如（顕如長男・東本願寺第十二法主）

准尊（興正寺第十八門主）─┬明月良重（准尊三男・清光寺第二世）
├明月准円（准尊二男・山口県萩、月輪山清光寺一世）
└准秀・華園家（准尊長男・興正寺第十九門主）

寂乗（第三世）──寂岑（第四世）──住彗（第五世）──本受（第六世）

廣朗（第七世）─┬顕（廣朗二男）──博（顕長男）──潔（博二男）
└廣正（廣朗長男・第八世）

達也（潔長男）──駿弥（達也長男）

証如：大永７年（1527）前関白・九条尚経の猶子となる
顕如：妻は三条公頼の三女（細川晴元養女）、女春尼　母は中納言源重親の娘
顕尊：妻は藤原定家子孫、冷泉為益の娘（元誠仁親王妃）
准尊：妻は毛利輝元養女。小早川秀秋未亡人で毛利元就の孫、古満姫。娘の弥々（寿光院）に水戸藩主徳川頼房（徳川家康の十一男）との子で常陸府中藩初代藩主松平頼隆（徳川光圀の弟）や鎌倉英勝寺を開山した小良姫（玉峰清因尼）などがいる
准円：妻は毛利元就の孫、毛利元倶の娘
良重：妻は阿曽沼元理の娘
廣朗：妻は毛利照頼長女

かと今は少々、悔やまれる。

出来上がった家系図を父親が見たら、どんな言葉を吐いただろうか。頑固で宗教的なものに一切興味を示さなかった面があったが、私が子どものころに、燃えてしまった系図のことをまじめに話していた父親を覚えてもいるので、きっと、「よく、調べたなあ」くらいのことは言ってくれたかもしれない。


なお筆名の「めいげぇつ　たっなり」は、日本語の可能性というか、例えば、仮名の新しい表記方法を試みるという意味もあり、敢えてこのような表現をしてみた。

「げぇ」は、ガ行鼻濁音であり、現在では小さなガに「゜」をつけて表わすが、より容易な表記法はないかと思いついたものである。

「たっなり」の「っ」は、いわゆる促音であるが、「たつなり」をより平坦な発音に、つまり、アクセントが「つ」ではなく「た」の方にむしろ置いてもらいたいということを意図したものである。

例えば、「定家」を「ていか」、「さだいえ」と読み替えるように、日本語における漢字の読みに関して、読み間違いをするということに対する緊張感やうしろめたさを、特に子どもや日本語を母国語にしていない人々に少しでも取り除いてもらい、もっと自由な漢字の読み方の発想をしても良いのではないかという私の希望の表われでもある。

今後は、高校時代あたりから私が書きためた他の日記・記録・思索のメモ類なども整理し本にできたらと思っている。また「日記小説」的な創作にも挑戦してみたい。

著者プロフィール

明月 達也（めいげぇつ たっなり）

昭和30年（1955年）、神奈川県生まれ。
大学卒業後、教員。

明月日記《めいげつ》 —投書編—

2014年10月15日　初版第1刷発行

著　者　明月 達也
発行者　瓜谷 綱延
発行所　株式会社文芸社
〒160-0022　東京都新宿区新宿1－10－1
電話　03-5369-3060（編集）
03-5369-2299（販売）

印刷所　株式会社フクイン

ISBN978-4-286-15552-4